AF403317

ABEL WILMORE,

DRAME EN CINQ ACTES,

PAR MM. HIPPOLYTE DESCHAMPS,

REPRÉSENTÉ A PARIS, POUR LA PREMIÈRE FOIS,

LE 23 JUILLET 1836.

PRIX : 2 FR. 50 C.

PARIS,

J.-N. BARBA, LIBRAIRE,

PALAIS-ROYAL, GRANDE COUR, DERRIÈRE LE THÉATRE FRANÇAIS,
PRÈS DE CHEVET.

1836.

<table>
<tr><td>PERSONNAGES.</td><td>ACTEURS.</td></tr>
<tr><td>****</td><td>❤❤❤❤</td></tr>
<tr><td>FANNY RIVES, sous le nom de la comtesse BIANCA DE MONDEGO.</td><td>Mme DELCOUR.</td></tr>
<tr><td>LORD BELGRAVE, pair d'Angleterre, membre du cabinet.</td><td>M. KLOPP.</td></tr>
<tr><td>SIR NATHANIEL KROCKFORD.</td><td>M. ERNEST.</td></tr>
<tr><td>ANGELO D'ARQUIXAS.</td><td>M. S.-HILAIRE.</td></tr>
<tr><td>ABEL WILMORE, neveu de lord Belgrave.</td><td>M. LANSOY.</td></tr>
<tr><td>CRIBB, jeune écossais.</td><td>M. PELVILAIN.</td></tr>
<tr><td>MISS ANNA WILMORE, nièce de lord Belgrave.</td><td>Mlle DESPRÉAUX.</td></tr>
<tr><td>NELLY, cousine de Bianca.</td><td>Mlle ELÉONORE.</td></tr>
<tr><td>UN SCHÉRIFF.</td><td>M. ROGER.</td></tr>
<tr><td>UN MÉDECIN.</td><td>M. CHELLES.</td></tr>
<tr><td>LA GOUVERNANTE de miss Anna.</td><td>Mlle REINE.</td></tr>
<tr><td>UN CONSTABLE.</td><td>M. LÉONARD.</td></tr>
<tr><td>UN INTENDAMT.</td><td>M. LUCIEN.</td></tr>
<tr><td>UN DOMESTIQUE parlant.</td><td>M. LEMOINE.</td></tr>
</table>

OFFICIERS, COURTISANS, DOMESTIQQES, etc., etc.

La Scène est à Londres et aux environs.

Imp Chassaignon, r. Git le Cœur, 7.

ABEL WILMORE,

DRAME EN CINQ ACTES.

ACTE PREMIER.

Un élégant boudoir chez Bianca. Porte au fond. A gauche, porte sur le premier plan, fenêtre sur le second. A droite, porte sur le premier plan. Dans le fond, du même côté, un paravent étendu. (*)

****

SCENE PREMIÈRE.

BIANCA, ANGELO.

(*Au lever du rideau Bianca est assise, donnant les marques d'une vive impatience; Angelo, debout, à quelques pas devant elle, la regarde avec colère.*)

ANGELO, *avec colère.* Je vous répète, madame la comtesse, que je vous défends de recevoir sir Abel.

BIANCA. Mais c'est vous-même qui m'avez présenté ce jeune homme.

ANGELO. Eh! savais-je alors que vous vous aviseriez de l'aimer?... S'il reparaît ici!..

BIANCA. Il y reparaîtra...

ANGELO, *avec fureur.* Madame!

BIANCA. Oui, monsieur, oui, je recevrai sir Abel tant et aussi souvent que cela me conviendra. Je suis lasse à la fin du joug que vous faites peser sur moi; et, quoi qu'il doive arriver, je le brise.

ANGELO, *avec étonnement.* Hein?..

BIANCA. Cela vous étonne?—Oh! je ne suis plus la jeune fille

(*) Les indications sont prises de la droite du spectateur.

étourdie, sans expérience, à qui vous pouviez faire croire tout ce que vous vouliez. Non, monsieur, non, j'ai réfléchi, j'ai ouvert les yeux; je sais enfin qui vous êtes, et je refuse de suivre des conseils dont j'entrevois l'horrible portée.

ANGELO. Que voulez-vous dire ?

BIANCA. Vous avez ouvert notre salon à lord Kindale, à lord Clarendon, à tant d'autres débauchés corrompus, pour qui une femme est une esclave qu'on achète à prix d'or; et chaque fois que je leur ai témoigné tout mon mépris... votre colère...

ANGELO, *l'interrompant avec impatience.* C'est de sir Abel qu'il s'agit.

BIANCA. Celui-là seul vous ne voulez pas le recevoir, parce qu'il a un cœur noble, pur; qu'il ne s'imagine même pas que l'amour puisse être une spéculation; mais c'est pour cela que je l'aime, moi, et que je veux le recevoir.

ANGELO. Mais j'ai des droits sur toi, et quand je commande...

BIANCA. Des droits!.. vous êtes mon cousin; c'est vrai, vous m'avez nourrie, élevée; vous avez des droits à ma reconnaissance, à mon amitié; mais pas d'autres, entendez-vous, pas d'autres.

ANGELO. Et si je te retire mon appui, ma protection ?

BIANCA. J'aurai recours à celle d'Abel; celle-là ne sera pas déshonorante, comme la vôtre voudrait le devenir...

ANGELO. Oh! tu es forte, parce tu comptes sur l'amour de cet Abel maudit; mais je lui dirai qui tu es.

BIANCA. C'est par moi que sir Abel saura la vérité; je lui dirai : Je suis une pauvre paysanne écossaise. Enfant, je perdis ma famille, et j'allais mourir de misère, quand un parent, venu par hasard dans notre pays, se chargea de moi. Je le suivis dans tous ses voyages, recevant une brillante éducation, vivant dans l'opulence, parée d'une beau titre, et ne me demandant jamais, insoucieuse enfant que j'étais, d'où venait cette opulence, et si j'avais droit à ce titre. Mais un jour, la raison venue, je compris tout, j'eus honte, j'eus peur...

ANGELO. Et tu espères qu'il te croira ?..

BIANCA. Une femme, dont la conscience est pure, se fait toujours croire. Il me croira; et quand j'ajouterai : je t'ai fait cet aveu pour que tu me sauves, sauve-moi! il me tendra les bras.

ANGELO, *avec explosion.* Tu veux donc que je tue ton Abel?

BIANCA. Je sais que vous portez un poignard habitué à se tremper dans le sang.

ANGELO, *d'une voix sourde, en lui serrant le bras.* Et pour moins que cela.

BIANCA. Mais nous ne sommes plus à Lisbonne, nous sommes à Londres, où la justice est vigilante et tue celui qui tue.

ANGELO, *d'une voix étouffée par la rage.* Tu ne sais donc pas que même au prix de la mort la vengeance me sera douce.

BIANCA. Et ne savez-vous pas aussi que la mort fût-elle là, imminente, inévitable, elle ne m'empêcherait pas de crier à Abel : Viens, je t'aime! et à vous : Arrière, je vous connais! Epargnez-vous donc des menaces inutiles partout, ridicules ici.

ANGELO, *exaspéré.* La guerre donc!

BIANCA. La guerre, soit. Mais croyez-moi, mieux vaudrait pour vous la paix. Je devrais vous haïr pour tout le mal que vous m'avez fait; mais je vous pardonne. Je vous offre même mon amitié, si vous voulez la mériter ; elle vous sera utile, sans nous salir l'un et l'autre.

ANGELO, *avec la plus grande violence.* La guerre! la guerre !

(Il sort par la porte à gauche, qu'il ferme avec fureur.)

SCÈNE II.

BIANCA seule, puis NELLY.

BIANCA. Enfin, me voilà sauvée de cet homme; maintenant, pour en finir avec ce passé qui m'est odieux, dès aujourd'ui j'avoue tout à mon Abel. Mais... s'il ne me croit pas... Me connaît-il assez ?.. m'a-t-il assez appréciée ?.. Oh! mais c'est que je vais jouer là, sur un mot, mon avenir, ma vie. Non, non, attendons encore. Quand j'aurai obtenu sa confiance, quand il sera sûr de moi, je parlerai... d'ici là il faut garder ce secret... Mais Angelo! s'il parle... Non, non, son intérêt est de me ménager.

NELLY, *accourant.* Cousine ! cousine!

BIANCA, *d'un ton de doux reproche.* Encore cousine, petite.. Mon dieu! que tu es étourdie !

NELLY. Pardon! pardon! j'oublie toujours que tu n'es plus Fanny Rives, ma cousine, mais la comtesse de Mondego, ma maîtresse.

BIANCA. Ta maîtresse, en apparence seulement; car je t'aime...

NELLY, *l'interrompant.* Et tu me traites comme une bonne parente; aussi suis-je toute dévouée (*Prenant un ton respectueux.*) à madame la comtesse...

BIANCA, *souriant.* Bien. Maintenant, dis-moi pourquoi accourais-tu si vite?..

NELLY. Pour te... (*Se reprenant vivement.*) pour prévenir madame la comtesse qu'il vient de s'arrêter à la porte une magnifique voiture avec des armoiries, des laquais en livrée...

BIANCA. Qui en est descendu?..

NELLY. Une jeune dame avec sa gouvernante.

BIANCA. Tu ne la connais pas?..

NELLY. Je ne l'ai jamais vue.

BIANCA. Son nom?..

NELLY. Elle ne veut le dire qu'à vous seule.

BIANCA. Mais je ne puis les recevoir ainsi... Je suis encore dans un trouble... une agitation... (*A Nelly.*) Je vais passer dans ma chambre pour quelques minutes, prie ces dames d'attendre, et viens me trouver. (*Elle sort par la porte à gauche.*)

SCÈNE III.

NELLY, ANNA, LA GOUVERNANTE.

NELLY, *allant ouvrir la porte du fond et introduisant les deux dames.* Veuillez bien vous asseoir, mesdames. Madame la comtesse est à sa toilette, et ne se fera pas attendre.

(*Elle sort par la porte à gauche.*)

ANNA, *après la sortie de Nelly.* Le cœur me bat.

LA GOUVERNANTE. Il faut avouer, miss Anna, que nous faisons là une démarche bien imprudente; lord Belgrave ne peut manquer d'en être instruit et fort mécontent.

BIANCA. C'est pour sauver Abel que nous venons; ce motif trouvera grâce auprès de mon oncle.

LA GOUVERNANTE. Peut-être... Venir ainsi...

ANNA, *l'interrompant.* Chez la comtesse de Mondego... Quel mal au fond? —D'ailleurs, ne suis-je pas avec vous, ma bonne et respectable gouvernante?..

LA GOUVERNANTE. Une dame que l'on ne connaît pas... même avec moi...

ANNA. Une noble Portugaise que les troubles de son pays ont contrainte à se réfugier parmi nous; mais la voici. Ma bonne, veuillez vous éloigner un peu.

SCÈNE IV.

BIANCA, ANNA, LA GOUVERNANTE, *dans le fond.*

ANNA, *timidément.* Madame la comtesse, je suis importune, peut-être... veuillez excuser...

BIANCA, *tremblante.* O Dieu! excuser, dites-vous?.. L'honneur que je reçois... est pour moi... Je me trouve... trop honorée... (*Apart.*) Je n'en sortirai pas.

ANNA, *à part.* Elle m'intimide; je ne sais par où commencer...

(*Petite pause, Anna n'osant plus parler.*)

BIANCA. Milady... mistriss... pardon...

ANNA. Ni mistriss, ni milady, madame la comtesse, je suis miss Anna Wilmore, nièce de lord Belgrave et cousine...

BIANCA, *l'interrompant vivement.* Et cousine d'Abel?

ANNA, *offensée de cette familiarité.* De sir Abel Wilmore, oui, madame.

BIANCA. Enchantée de vous voir, miss Anna. (*A part.*) Sa cousine! Que peut-elle me vouloir?.. (*A Anna.*) Asseyons-nous donc, je vous prie. (*On s'assied.*) Eh bien! miss Anna, à quel hasard favorable dois-je le bonheur de vous avoir chez moi?..

ANNA. Ah! madame la comtesse, je suis bien malheureuse! et je viens à vous, persuadée que vous avez un bon cœur.

BIANCA. Flattée de cette marque de confiance... Mais poursuivez, miss. En quoi puis-je vous être utile?..

ANNA. Oh! bien utile!.. c'est-à-dire... pas à moi, mais... à mon cousin, à Abel.

BIANCA, *étonnée.* Et comment, miss? (*A part.*) Où veut-elle en venir?..

ANNA. ~~Lord~~ Lord Belgrave a formé sur mon cousin... des... projets.

BIANCA. Des projets?.. (*A part.*) Cette petite me met à la torture.

ANNA. Il en est un surtout auquel sa grâce tient singulièrement.

BIANCA, *avec anxiété.* Et c'est?..

ANNA. De le marier.

BIANCA, *avec la plus grande exaltation, en se levant.* Le marier, dites-vous? Quoi! lui, le marier? vraiment! Abel! et avec qui, miss? avec qui?.. (*A part, en se promenant.*) Marié! lui, marié! (*Revenant à miss Anna.*) Mais avec qui donc, miss? avec qui?..

ANNA, *tremblante.* Mais, madame la comtesse... vous me faites peur.

LA GOUVERNANTE, *à demi-voix, à miss Anna, en s'approchant d'elle.* Voyez-vous, miss, que vous avez eu tort de venir. Allons-nous-en.

BIANCA, *à part, en voyant le mouvement qu'elles font pour sortir.* Je me suis oubliée... Remettons-nous. (*A miss Anna.*) Pardon, miss... Mais... sir Abel, qui se disait... mon... ami... ne m'avait pas instruite... et ce manque de confiance... Nous sommes un peu vifs dans mon pays. (*Souriant.*) Que voulez-vous! c'est l'effet du climat. Mais, maintenant, me voilà calme, posée comme une véritable sujette de l'un des trois royaumes. Vous dites donc que l'on veut marier votre cher cousin? (*A part, avec douleur.*) Oh! mon dieu! mon dieu!

LA GOUVERNANTE. Oui, madame; ce jeune homme n'a pas de fortune; et, s'il résiste, son oncle le déshéritera..

ANNA. Oh! oui, madame, il le déshéritera.

BIANCA. Il le déshéritera! Oh! le bon oncle, en effet! le digne bienfaiteur! Et, sans doute, c'est une personne bien riche qu'on veut lui faire épouser?...

ANNA. Pas plus riche que lui.

BIANCA. Elle est bien noble, alors! elle a un nom et un blason bien gothiques. Dans cette terre classique de la raison et de la liberté, on fait un assez grand cas de ces sottes vanités.

LA GOUVERNANTE. Oui, madame la comtesse, la jeune miss porte un nom dès long-temps honorable, et l'on peut s'étonner qu'une dame de votre rang traite cela de vanité.

BIANCA. La jeune miss, dites-vous; ah! elle est jeune! et est-elle jolie?

ANNA, *baissant les yeux.* Madame...

BIANCA, *la devinant.* Quoi! c'est vous! (*Après une petite pose.*) Ah! c'est vous!.. Oui, je comprends... Et vous venez me demander?..

ANNA. Vous prier, madame, à genoux, s'il le faut, vous supplier de ne pas causer le malheur, la ruine d'Abel.

BIANCA. Et comment?..

ANNA, *hésitant.* Si vous vouliez... ne... plus le voir.

BIANCA, *impérieusement.* Ne plus le voir! (*A part.*) Elle est folle, cette petite! (*A miss Anna*) Mais, miss, les visites de sir Abel?..

ANNA. Lord Belgrave les a proscrites : il craint tant votre mérite. Pourtant Abel vient toujours.

BIANCA. Pour don Angelo, qui habite aussi cet hôtel.

ANNA. Pour vous... nous le savons.

BIANCA, *à part.* Perfide Angelo! Il m'a trahie! (*A miss Anna.*) Miss, je vous assure...

ANNA, *prêtant l'oreille.* Tenez, écoutez.

BIANCA, *prêtant l'oreille.* Quoi?..

ANNA. Lui, Abel... je reconnais son pas. Oh! de grâce, madame, qu'il ne me trouve pas ici.

LA GOUVERNANTE, *prêtant l'oreille.* Il approche! il approche!

BIANCA, *leur commandant le silence.* Chut! (*Elle va sur la pointe du pied pousser un verrou à la porte du fond.*) Là! (*Revenant et parlant bas.*) Je vais vous faire sortir; mais il saura que vous êtes venue. Votre voiture...

ANNA. Elle est allée nous attendre au bout de la rue. Adieu, madame. Oh! vous êtes bonne, je le vois. Songez au mal, songez au bien que vous pouvez faire.

(*On frappe à la porte du fond, et on l'agite.*)

BIANCA, *faisant sortir Anna et la gouvernante par la porte, d gauche.* Allez, allez. Cet escalier vous conduira au vestibule. (*Quand elles sont sorties.*) Marié!.. est-ce donc vrai, mon dieu!

(*Elle va ouvrir la porte du fond qu'on ébranle plus fortement.*

SCENE V.

ABEL, BIANCA.

ABEL. Suis-je indiscret ou importun?..

BIANCA. Vous ne l'êtes jamais, vous le savez.

ABEL. Il m'avait semblé entendre quelqu'un...

BIANCA. Vous vous êtes trompé.

ABEL. Pourtant...

BIANCA. Prenez garde, un soupçon est une offense.

ABEL. Une preuve d'amour, plutôt. On n'est jaloux que de ce qu'on aime; et je vous aime tant, Bianca, que je suis jaloux d'une parole, d'un regard qu'un autre obtient de vous. Je voudrais être seul au monde à vous entendre, à vous voir. (*Regardant Bianca dont le visage s'est assombri.*) Mais, qu'avez-vous?.. vous êtes pâle, agitée... Des larmes dans vos yeux!... Oh! qu'avez-vous?... Quelle peine secrète?... dites-la moi, vite, que je la fasse cesser ou que je la partage...

BIANCA, *tristement.* Vous ne le voulez, ni ne le pouvez.

ABEL. Je le veux, car je vous aime; je le puis, car...

BIANCA, *l'arrêtant en lui posant la main sur le bras, lentement et tristement.* C'est mal, sir Abel; c'est très-mal de venir ainsi jurer à une pauvre femme un amour qu'on n'a pas; promettre un bonheur qu'on ne peut donner.

ABEL. Mais, Bianca...

BIANCA, *l'arrêtant, avec le même geste.* C'est que, voyez-vous, cette pauvre femme, elle s'attache à cet amour; ce bonheur lui devient nécessaire; et quand il faut le perdre, les larmes, le désespoir...

ABEL. Oh! pourquoi parler ainsi?..

BIANCA, *avec émotion.* Parce que je sais ce..., ce que j'aurais dû savoir plus tôt... ou jamais... Vous allez vous marier?

ABEL. Et c'est là ce qui t'afflige? Oh! dis, ma Bianca, c'est là ce qui t'afflige?..

Abel Wilmore.   2

BIANCA, *retenant à peine ses pleurs.* Je l'avoue... cette idée... m'est pénible... plus pénible que je ne l'aurais cru.

ABEL. Oh! merci! cette douleur, c'est la jalousie, c'est l'amour!... Tu m'aimes! Oh! tu as raison; car je t'aime, moi, vois-tu! Renoncer à toi! Mais je ne vis que par toi, que pour toi! Sans toi la vie serait un horrible supplice, dont il faudrait se débarrasser à tout prix! Une autre, ma Bianca! une autre! oh! jamais! jamais!

BIANCA. Mais on assure...

ABEL. Mensonge! calomnie!

BIANCA, *continuant.* Que votre oncle veut...

ABEL. Mais je ne veux pas, moi, me marier! Non, non... ou plutôt!... Oui; je vais te dire... Ecoute, ma Bianca; écoute un projet que je couvais au fond de mon cœur comme le germe de tout mon bonheur... Je me marierai, mais avec celle que j'aime...

BIANCA, *se levant d'étonnement.* Que dites-vous?...

ABEL. Je dis que vous êtes la plus belle, la plus douce, la plus aimante parmi les femmes; qu'aucune n'a autant que vous ce qu'on désire dans une épouse. Je dis que je vous adore; que je vous adorerai toujours; qu'il faut que vous soyez à moi, à moi pour la vie; que des liens sacrés, indestructibles...

SCENE VI.

LES MÊMES, ANGELO, *entrant par la porte à droite* (*).

ANGELO, *entrant, à Abel, d'un ton patelin.* Ah! sir Abel! enchanté de vous trouver ici. Vous m'aiderez à faire la paix avec ma cousine.

ABEL. Etiez-vous donc en guerre?...

ANGELO. Et tous les torts étaient de mon côté. (*A Bianca.*) Oubliez tout cela, ma bonne Bianca, et continuez-moi cette amitié dont vous me parliez ce matin; je ferai tout pour la mériter.

BIANCA. Tout est fini.

ABEL. Et, maintenant, si vous voulez faire un tour de parc, ma voiture est en bas...

BIANCA. Volontiers; le temps est beau.

ABEL. Toute la fashion y sera. (*A Angelo.*) Êtes-vous des nôtres?..

(*) Abel, Bianca, Angelo.

ANGELO. Non. Quelques affaires... un rendez-vous au Loyd.

BIANCA. Venez, sir Abel. Je n'ai qu'un chapeau à mettre ; vous me direz celui qui va le mieux avec cette robe.

ABEL. Tout à vous, madame. (*A Angelo, en lui serrant la main.*) A ce soir.

(Il sort avec Bianca par la porte à gauche.)

SCENE VII.

ANGELO, seul, puis CROCKFORD.

ANGELO, *seul.* Etre obligé de le flatter, de l'appeler mon ami, cet Abel que j'abhorre !.. quel supplice !.. Mais il le faut, c'est le neveu de l'homme qui me protége .. qui me fait vivre ici. — Et cette folle qui croit s'être soustraite à mon empire !.. Non, madame, non. Ce que ne peut la force, la ruse le fera ; et dans quelques jours tout sera fini entre vous et votre Abel. (*On entend du bruit dans l'antichambre.*) Mais quel est ce bruit ?

CROCKFORD, *dehors.* Eh ! non, vous ne me trompez pas, je veux le croire ; mais vous vous trompez vous-même. Je sais qu'il est ici. (*Entrant malgré un domestique et apercevant Angelo.*) Vous voyez bien qu'il y est : j'étais sûr de mon fait (*).

ANGELO. Qu'est-ce donc ?

CROCKFORD. Ne le grondez pas. Pauvre garçon ! innocent comme l'enfant qui vient de naître. Vous le voyez vous-même ; ce n'est pas à la séduction qu'il a cédé, c'est à la force. Hé ! hé ! hé ! je pénètre chez vous de vive force : *pugnis et pedibus, unguibus et rostro.* (*Il montre sa canne à bec de corbin.*) Hé ! hé ! hé !

ANGELO, *au domestique.*) Laissez-nous. (*à Crockford.*) Puis-je savoir, monsieur, à qui j'ai l'honneur de parler ?

CROCKFORD. Vous voyez en moi sir Nathaniel Crockford, président de la respectable société de Tempérance.

ANGELO. Parent de sa grace, mylord Belgrave ?

CROCKFORD. Justement. Je vous ai vu plusieurs fois chez mylord ; vous n'avez pas fait attention à moi, vous.

ANGELO. Pardonnez-moi, pardonnez-moi ; je me rappelle parfaitement. Dans le premier moment, la surprise .. tant d'honneur... Mais je me remets très-bien à présent... Quand une fois on a vu votre honneur...

CROCKFORD. On ne m'oublie pas. Voilà ce que c'est qu'une physionomie heureuse. Mais sachez ce qui m'amène.

(*) Angelo à Crockford.

ANGELO. Asseyons-nous, je vous prie.

CROCKFORD. Asseyez-vous, si vous voulez; mais souffrez que je reste debout. J'ai une surabondance d'activité, d'énergie qui ne me permet pas...

ANGELO. Je reste debout aussi.

CROCKFORD. Comme il vous plaira... Sachez donc de quoi il s'agit... Mais avant tout, mon cher, je vous prie d'être persuadé que je suis ici sans fiel, sans amertume... ah! mon dieu! comme un petit agneau. En êtes-vous convaincu?

ANGELO. Je dois l'être. Un homme de votre naissance, de votre condition...

CROCKFORD. C'est qu'il faut que vous le soyez profondément, convaincu; l'êtes-vous?

ANGELO. Je vous prie de le croire.

CROCKFORD. Parole d'honneur? (*Angelo s'incline en signe d'assentiment.*) C'est que, voyez-vous, *caro mio*, il est possible que telle de mes paroles vous paraisse offensante.

ANGELO. Vous ne pouvez rien avoir d'offensant à me dire.

CROCKFORD. Au contraire, j'ai mille choses offensantes à vous dire; mille choses plus offensantes les unes que les autres. Mais qu'est-ce que ça fait, si vous ne vous offensez pas? Vous venez de me le promettre, et je vous réitère que je ne songe pas le moins du monde à vous être désagréable.

ANGELO. Je ne puis comprendre, monsieur.

CROCKFORD. Laissez, laissez faire.

ANGELO. Que je vous laisse m'insulter?..

CROCKFORD. C'est pour votre bien.

ANGELO, *vivement.* Non, monsieur.

CROCKFORD, *vivement.* Si, monsieur. (*reprenant son ton mielleux.*) Mon ami, *carissimo amico*, j'ai des lettres de Lisbonne.

ANGELO, *frémissant.* De Lisbonne!

CROCKFORD. N'ayez pas peur, elles sont d'une main délicate; et moi, je suis discret aussi. — Mon bon signor, vous êtes un seigneur de là-bas, comme je suis un radical d'ici; vous y avez des biens, comme j'en ai moi, chez les Patagons.

ANGELO. Quoi! Contester ainsi mon rang, ma fortune!

CROCKFORD, *à part.* Son rang! sa fortune! il y tient. (*Haut en prenant une prise de tabac.*) Mauvais plaisant!

ANGELO. Est-ce une mystification?

CROCKFORD. Mystification est une importation française dont je ne fais pas usage. Je n'aime rien de ce qui vient de France, excepté le vin de Bordeaux, les truffes de Périgord et les pâtés de Strasbourg. Vous mystifier, moi! et mon âge! et mon caractère! fi!.. Vous n'êtes pas Portugais non plus.

ANGELO. Monsieur!..

CROCKFORD. Vous êtes de Turin.

ANGELO. De Turin !..

CROCKFORD. D'où vous avez été chassé judiciairement.

ANGELO. Chassé !

CROCKFORD. Banni, banni. Pardon !

ANGELO. Savez-vous, sir Nathaniel Crockford, qu'il faut bien compter sur la patience d'un homme comme moi... et sur votre bonne étoile, pour venir ainsi...

CROCKFORD. Je n'ai compté que sur votre bon sens.

ANGELO. Je suis étranger; mais ici, utile à votre gouvernement qui me protége (*s'approchant de lui, et d'un ton menaçant.*), je me serais défait d'un homme odieux et malfaisant qui vient me provoquer jusque chez moi, qu'il n'en serait que cela, voyez-vous.

CROCKFORD, *avec le plus grand sang-froid.*) Erreur, mon ami; erreurs sur erreurs. Je vous croyais plus de jugement. D'abord, je ne suis ni malfaisant ni odieux : un président de la noble société de Tempérance ne peut jamais être odieux ni malfaisant. En second lieu, si, comme vous le dites, vous vous étiez défait de moi, vous cesseriez bientôt d'être utile à mon pays.

ANGELO, *d'un ton toujours provoquant.* Et comment cela, sir Nathaniel ?

CROCKFORD, *toujours avec le même sang-froid.* Ah! voici. (*lui présentant sa tabatière ouverte.*) En usez-vous ?.. (*malicieusement.*) vrai Portugal, celui-là. (*reprenant son discours.*) Voyez-vous, mon cher don Angelo, je ne suis pas venu ici avec la lettre de Lisbonne où l'on me faisait de si beaux récits... (*Mouvement d'Angelo.*) non, pas si sot! Elle est chez moi sous enveloppe, avec une note dont le but est de faire savoir que je suis sorti de chez moi pour me rendre chez vous; pas un mot de plus. On vous demanderait compte de ma personne... ah! mais oui, on vous forcerait de me rendre, peut-être meilleur que je ne suis; et quelque utile que vous soyez, vous ne vous en tireriez pas, car les journaux s'empareraient de l'événement; ils publieraient avant tout le document qui vous fait connaître, et je n'ai pas besoin de vous rappeler que, du moment qu'ils sont connus, les gens comme vous cessent aussitôt d'être utiles. Ah! ah! je vais avec prudence; je ne suis pas un étourdi, moi. (*riant.*) Hein ? qu'en dites-vous ?..

ANGELO, *s'efforçant de rire.* Hé! hé! je le vois.

CROCKFORD. Calmez-vous donc, et prêtez-moi toute votre attention; ce que vous auriez dû faire dès l'abord, au lieu de m'interrompre avant de savoir où je voulais en venir.

ANGELO, *tout-à-fait calmé.* Je vous écoute.

CROCKFORD. Je veux vous faire gagner une jolie petite somme

rondelette de cinq mille livres sterling, soixante et quelques mille scudis de votre pays... (*avec malice.*) du Piémont ; cent et tant de mille francs de France. (*le regardant en face.*) Ça vous fait rire dans votre barbe. Ah ! dame ! avec ça vous pourriez attendre patiemment l'instant où vous rentrerez dans vos grands biens de Portugal.

ANGELO, *avec dédain.* Et qu'attendez-vous de moi pour cette magnifique récompense ?

CROCKFORD, *avec legèreté.* Oh ! une bagatelle ! il faut que vous m'aidiez à faire déshériter le petit Abel.

ANGELO, *à part, réfléchissant.* Diable ! voilà, si je ne me trompe, une mine d'or qui s'ouvre pour moi. (*haut, à Crockford.*) Mais dans quelles intentions ?

CROCKFORD, *l'interrompant vivement.* Oh ! les intentions les plus pures, les plus honnêtes. Je veux défendre les mœurs, la morale publique menacées. Un mauvais sujet comme Abel, un incorrigible, car il est incorrigible ; avec une fortune, un rang, un titre de pair, mais c'est une bête féroce, que dis-je, c'est une bête venimeuse lâchée dans la société. Voyez-vous d'ici tous les scandales, toutes les turpitudes ?..

ANGELO, *l'interrompant.* Prenez garde, sir Nathaniel, vous allez vous occasionner une extinction de voix.

CROCKFORD. Que voulez-vous, c'est plus fort que moi. Quand je pense au mal qu'il fera et au bien qu'un autre pourrait...

ANGELO, *l'interrompant.* Après Abel, c'est vous qui êtes le seul héritier, n'est-ce pas, sir Crockford ?

CROCKFORD. Oui ; mais ne croyez pas que ce soit un motif d'intérêt... Oh ! fi ! fi ! fi ! Cette fortune, je ne la désire que pour propager mes doctrines de tempérance, en créant des prix, des récompenses.

ANGELO, *l'interrompant.* Pour ceux qui ne boivent plus que de l'eau. Homme éminemment philanthrope !

CROKFORD. Et la pairie, seulement pour défendre les intérêts du pays.

ANGELO. Généreux citoyen !

CROCKFORD. Abel lui-même, je ne lui en veux pas... au contraire... j'agis dans son intérêt.

ANGELO. Ah ! diable !

CROCKFORD. Sans doute. S'il hérite, il mangera tout et il mourra de faim. Tandis que moi héritant, je lui fais pour toute sa vie une pension inaliénable.

ANGELO, *feignant d'être entraîné.* Sir Crockford, je vous aime.

CROCKFORD. Je suis comme ça, moi ; je suis généreux. Je lui fais une jolie petite pension avec laquelle il pourra très-bien vivre en Ecosse ou en Irlande... On dit qu'on y vit pour rien.

ANGELO. Sir Crockford, je vous estime.

CROCKFORD. Vous consentez donc à me prêter votre coopération?

ANGELO. Pleine et entière. Nous mettrons en relief tous les défauts du jeune homme; nous le forcerons à se plonger, à se noyer dans ses vices.

CROCKFORD. C'est-à-dire, vous plongerez, vous noyerez, le but étant honorable; mais les moyens l'étant... moins... je ne m'occupe que du but. Quant aux moyens, je vous laisse responsable.

ANGELO, *tendant l'oreille vers la porte du fond.* Attendez... j'entends du bruit... Sans doute Abel et Bianca qui rentrent. Allons dans ma chambre continuer la conférence.

CROCKFORD. Allons, allons.

(*Ils sortent par la porte à droite, aussitôt entrent par le fond Bianca et Abel.*)

SCENE VIII.

BIANCA, ABEL.

BIANCA. Assez, assez, cher Abel. Je n'ai plus de forces pour combattre; je serai ta femme, ta maitresse, ton esclave, tout ce que tu désireras; puis, quand tu ne me voudras plus à aucun titre, ne te contrains pas, chasse-moi, repousse-moi du pied; je ne te ferai pas de reproches, je ne me plaindrai pas; oh! non, je te remercierai, je bénirai le ciel et ma destinée; car j'aurai connu tout ce qu'il y a de bonheur dans la vie.

ABEL. Cesser de t'aimer, dis-tu! Blasphème, ma Bianca! cesser de t'aimer! cesser de vivre donc!.. Souvent j'y ai songé, vois-tu; et c'est un parti pris, le jour où il n'y a plus d'amour entre nous, ce jour là; ce poignard que j'ai là toujours (*il lui montre le manche de ce poignard dans la poche de côté de son habit,*) je me l'enfonce dans le cœur...

BIANCA, *le serrant avec force dans ses bras.* Oh!

ABEL. Mais nous nous aimerons toujours, n'est-ce pas, toujours! et tu ne me parleras plus de craintes, de soupçons, de séparation; tu ne me diras plus que je ne peux pas être ton époux.

BIANCA. Tu n'entendras plus rien de semblable. Mais toi, quoi qu'il arrive, mon Abel, tu n'oublieras pas que j'ai résisté à tes désirs; que ce mariage, je n'y ai consenti qu'après bien des efforts..

SCENE IX.

LES MÊMES, NELLY, *accourant par la porte du fond.*

NELLY. Un lord à présent, madame la comtesse. En vérité, votre maison devient le rendez-vous de ce qu'il y a de mieux dans les trois royaumes.

BIANCA. Un lord!

NELLY. Il attend là dans l'antichambre... Il est absolument comme un autre homme.

ABEL. A-t-il dit son nom?...

NELLY. Oui, un nom superbe : lord Belgrave.

ENSEMBLE. { ABEL. Mon oncle!

{ BIANCA. Lord Belgrave!...

BIANCA, *à Nelly.* Tu lui as dit que j'étais chez moi?...

NELLY. Oui, je le lui ai dit. Je ne savais pas qu'il fallût mentir à un lord.

ABEL. Eh bien, qu'il entre. L'occasion est bonne, il faut en profiter; il vous connaîtra et en même temps nos projets...

BIANCA. Y pensez-vous? Non, ce n'est pas le moment. D'abord sachons pourquoi vient mylord.

ABEL. Vous avez raison. Pourquoi?... Je veux savoir... Maintenant que j'y pense... cette visite...

BIANCA. Pourtant, vous ne pouvez rester.

ABEL. Eh bien! dans quelque endroit... ne puis-je, sans être aperçu... Tenez... là... derrière ce paravent...

BIANCA, *à Nelly.* Introduis mylord.

(*Nelly sort par la porte du fond.*)

BIANCA, *à part.* Que signifie cette visite?...

SCENE X.

BIANCA, ABEL, *caché,* LORD BELGRAVE, *introduit par Nelly qui se retire aussitôt.*

L. BELGRAVE. Ma visite vous surprend, madame.

BIANCA, *avec trouble.* Mylord... votre grâce...

(*) Bianca. Nelly; Abel.
(**) Belgrave, Bianca.

L. BELGRAVE. Ce matin vous en avez reçu une qui a pu vous étonner davantage.

BIANCA. Moi?...

L. BELGRAVE. Je sais tout. La gouvernante de ma nièce a dû m'instruire de cette imprudente démarche. Vous savez donc vous-même, madame, que j'ai disposé de sir Abel Wilmore, et que ce serait le perdre que le porter à se révolter contre mes intentions. Il paraît vivement épris de vos charmes, madame, et en vous voyant je conçois son exaltation de jeune homme; vous ne la partagez pas... (*Mouvement de Bianca.*) du moins au même degré que lui. — Je ne suis ici, madame, ni pour vous offenser, ni pour profiter de ce que nos positions réciproques me donnent d'avantages sur vous. Ne voyez en moi qu'un père qui a formé des projets pour le bonheur de son fils et qui vient vous demander, vous prier de n'y point faire obstacle. Sir Wilmore n'a pas de fortune. En se prêtant à mes vues, en épousant sa cousine, il devient mon héritier. A des biens considérables, il joint une haute position sociale, la pairie, les grands emplois, tout ce qui peut flatter l'ambition d'un noble cœur, du bien à faire, du mal à empêcher. Je vous le demande, madame, lui offrez-vous rien qui se puisse comparer?

BIANCA, *d voix basse et entrecoupée.* Milord... jamais je n'ai voulu... jamais je n'ai espéré devenir la femme de sir Abel.

L. BELGRAVE. Peu importe à quel titre il vous appartienne. Mes projets n'en sont pas moins renversés. Tout à vous ou tout à moi, il n'y a pas d'alternative pour sir Abel.

BIANCA, *cachant sa tête dans ses mains et pleurant.* Oh! mon dieu! mon dieu!... (*Elle tombe assise sur le canapé.*)

L. BELGRAVE. Des regrets... Mais, madame, vous ne savez donc pas quel avenir vous vous prépareriez à tous deux?... Le mépris public d'abord, qui vous marquera au front d'un sceau ineffaçable, et partout vous poursuivra de ses rires et de ses huées; la misère ensuite, la misère hideuse, ignoble, qui se cache dans un grenier, s'enveloppe de haillons, et meurt lentement de faim entre une pensée de vol ou de suicide. Oh! le tableau n'est pas chargé, madame, car Abel, descendu au-dessous d'une profession libérale, et incapable d'un métier mécanique, Abel ne pourra gagner un morceau de pain. Alors, en pensant à ce qu'il est et à ce qu'il aurait pu être, ses yeux se désilleront, son amour s'en ira; et dans ce cœur, aigri, ulcéré, vous ne trouverez plus que de la haine.

BIANCA. Oh! assez, monsieur, assez...

(*Son émotion l'empêche de continuer.*)

L. BELGRAVE, *continuant.* Ce n'est pas tout encore. Un jour viendra où fatigué de cette vie de misère et d'humiliation, il voudra mourir, et il mourra le blasphème à la bouche, vous maudissant, vous la cause...

BIANCA, *l'interrompant avec la plus vive émotion.* Il n'en sera pas ainsi, mylord! (*A part, après une pause où elle a paru réfléchir..* Un tel sacrifice!.. son mépris!.. Oh! n'importe!.. pour mon Abel, rien ne me coûtera! (*A lord Belgrave en se levant.*) Mylord, dès aujourd'hui vous serez satisfait. Sir Abel m'aime, parce qu'il me croit une noble et grande dame, à la vie pure et sans tache, digne en tout de lui, si noble et si pur; mais il saura que je l'ai trompé; il saura que je suis Fanny Rives, une pauvre paysanne écossaise; que je me suis parée d'un faux nom, d'un faux titre pour lui voler son nom, sa fortune... et alors... (*En pleurant.*) Oh! n'est-ce pas qu'alors sir Abel me haïra, me méprisera, et que je ne serai plus à craindre pour vous... et maintenant qu'il sait tout, emmenez-le...

L. BELGRAVE. Quoi?...

BIANCA, *montrant le paravent.* Là. Il a tout entendu... (*Marchant vers le paravent.*) Je vous le rends, mylord; n'oubliez pas à quel prix. (*En disant ces paroles entrecoupées de sanglots et faisant un geste de désespoir, elle va au paravent qu'elle ouvre et elle recule saisie d'effroi, à l'aspect d'Abel étendu sur un fauteuil, et percé d'un poignard.*) Ah!

L. BELGRAVE, *à Bianca.* Quoi? qu'y a-t-il? (*Voyant l'état d'Abel.*) Grand dieu! que vois-je?...

(*Il s'approche vivement d'Abel et l'entoure de ses bras.*)

BIANCA, *à genoux devant Abel.* Couvert de sang... frappé d'un coup mortel. (*Avec désespoir.*) Ah! c'est moi... ce sont mes imprudentes paroles! Oh! mais j'ai menti, mon Abel; j'ai menti...

L. BELGRAVE, *appuyant son mouchoir sur la blessure d'Abel.*) Son cœur bat... je le sens... espérons que la vie n'est pas éteinte. (*Appelant Abel doucement et avec anxiété.*) Abel!... mon ami!...

BIANCA, *éperdue.* Il faut appeler... il faut qu'on lui donne des secours... (*Appelant d'une voix épuisée.*) Nelly!... quelqu'un... Venez... accourez.

L. BELGRAVE, *vivement.* Non, personne! (*Regardant Abel.*) Il r'ouvre les yeux... il reprend ses sens. — Evitons les témoins... évitons le scandale.

BIANCA, *regardant Abel.* Il rouvre les yeux... oui. (*Riant et pleurant à la fois.*) Il n'est pas mort, monsieur... Il n'est pas mort...

L. BELGRAVE. Non. — La compression arrête le sang. — La blessure n'est pas profonde, sans doute.

ABEL, *soupirant.* Ah!...

BIANCA. Tenez, il respire... il revient... il n'est pas mort.

L. BELGRAVE. De l'air! de l'air! ouvrez cette fenêtre.

BIANCA, *toujours agitée.* Oui.   (*Elle ouvre la fenêtre.*)

ABEL. Où suis-je?...

L. BELGRAVE. Dans mes bras... sur le sein de ton père...

BIANCA, *revenant de la fenêtre.* C'est lui... c'est lui qui vient de parler. (*Elle se jette vivement à genoux.*) O mon dieu! (*sanglottant*) que ne suis-je digne de t'invoquer!

L. BELGRAVE, *regardant Abel.* Il ne peut rester ici. (*A Bianca.*) Madame, par la fenêtre, en face, auprès de ma voiture, mon valet-de-chambre...

BIANCA, *allant regarder à la fenêtre.* Un homme vêtu de noir, je le vois.

L. BELGRAVE. Il faudrait lui faire signe de venir. (*Bianca, à la fenêtre, fait des signes.*) Il a des notions de chirurgie; il donnera les premiers soins.

BIANCA, *faisant toujours des signes.* Il me voit...

SCÈNE XI.

LES MÊMES, ANGELO, CROKFORD.

ANGELO, *qui est entré sans bruit, apercevant Bianca.* Que fait-elle là?... (*Il arrête d'une main Crockford sur le seuil de la porte.*) Chut!

CROCKFORD, *bas.* Hein?...

BIANCA, *encore à la fenêtre, le dos tourné à Angelo.* Il me comprend, je crois.

(*Elle continue à gesticuler.*)

ANGELO, *avançant sur la pointe du pied, et regardant pardessus le paravent.* A qui parle-t-elle?... (*Revenant vivement à Crockford.*) Lord Belgrave, Abel sanglant.

(*Ils passent derrière la porte qu'ils tiennent entr'ouverte.*)

BIANCA, *revenant à lord Belgrave.* Il vient.

L. BELGRAVE, *la tête penchée sur son neveu, et pleurant.* O désespoir insensé! crime!... fruit déplorable des mauvaises liaisons et des passions déréglées!...

(*La toile tombe sur le tableau formée par Abel, évanoui entre les bras de son oncle; Bianca, désespérée, devant eux, et Angelo, écoutant avec Crockford, derrière la porte.*)

FIN DU PREMIER ACTE.

ACTE II.

Un salon dans une campagne de lord Belgrave. Au fond trois portes, dont celle du milieu à deux battans. A gauche, fenêtres. A droite, porte sur le premier plan, cheminée sur le second. De chaque côté, sur l'avant-scène, un guéridon.

SCENE PREMIERE.

ABEL, CROCKFORD.

(*Au lever du rideau, chacun d'eux, en robe de chambre, est assis à un guéridon, ayant devant lui des livres et des flambeaux allumés.*)

CROCKFORD. Assez, assez, mon cher Abel. Je dors tout éveillé... (*Se levant.*) je veux dire tout debout. (*Regardant la pendule.*) Deux heures ! Ça n'a pas de bon sens de se coucher si tard, ou plutôt si matin. Des gens qui respectent leur existence, et je vous déclare que je respecte beaucoup la mienne, devraient toujours être au lit à neuf heures.

ABEL. Que voulez-vous, mon bon cousin ; il n'y a que l'étude qui puisse m'arracher à mes préoccupations, à mes souvenirs. Si je ne trouvais en elle une distraction perpétuelle, je mourrais de chagrin, d'ennui...

CROCKFORD. Si vous mourez du remède au lieu de mourir du mal, je ne vois pas trop ce que vous aurez gagné ?

ABEL. Du calme au moins pour mes derniers jours.

CROCKFORD. Le fait est que c'est calmant, un séjour de trois mois dans cette retraite, seul, avec des livres de philosophie... Et moi, aussi, j'espère que votre cœur... car on peut maintenant appuyer sur cette corde, sans en tirer un son trop douloureux... j'espère que votre cœur...

ABEL, *l'interrompant, avec mélancolie.* Mon cœur, cher cousin, est comme un vase où fermenta une liqueur corrosive... La liqueur a débordé, puis s'est tarie ; mais le vase a conservé les traces profondes de sa terrible présence., et rien n'y séjourne plus sans s'aigrir ou se corrompre.

CROCKFORD. Dès le moment que vous le reconnaissez, le mal n'est pas sans remède. Je veux dès aujourd'hui en écrire un mot à mylord et à votre cousine; ça sera pour eux une bonne nouvelle.

ABEL. Une bonne nouvelle pour eux... et un bonheur pour moi, ce serait que j'eusse cessé de vivre... de souffrir... d'être un ingrat envers tous deux. Mais vous avez besoin de repos, mon bon cousin, et moi de solitude. Bonne nuit.

CROCKFORD. A demain. (*Abel prend une bougie, et sort.*)

SCÈNE II.

CROCKFORD, seul, puis CRIBB.

CROCKFORD, *suivant de l'œil Abel, qui s'éloigne.* Décidément, la solitude lui fait du bien; et je suis obligé d'y rester auprès de lui !... d'assister à sa conversion ! Singulière mission que Belgrave m'a donnée là !... Du reste, il y aurait injustice de me plaindre de cette marque de confiance; elle est trop flatteuse et trop rassurante. — Une seule chose m'inquiète... ce scélérat d'Angelo, qui ne m'a pas écrit depuis quinze jours... A l'entendre, tout devait être fini en une semaine... Une semaine !... et voilà trois mois de passés !... Et il n'a rien fait... que me soutirer de l'argent... (*Avec dignité.*) On est bien malheureux d'être obligé d'employer de tels agens !... Ah ! allons nous coucher... (*Il sonne. Cribb paraît.*) Où est mon valet-de-chambre ?...

CRIBB. Votre honneur ! il est dans l'appartement de votre honneur...

CROCKFORD. Donnez-moi mon bougeoir, et allez-vous coucher ! (*Cribb lui donne un bougeoir allumé.*) Tu es un bon garçon, toi; naïf ?

CRIBB. Je suis Écossais, moi, votre honneur.

CROCKFORD. Tu vois comme je suis assidu, attentionné auprès de mon jeune parent, Abel Wilmore. Tu en témoigneras, j'espère, auprès de lord Belgrave.

CRIBB. Oh ! jamais, votre honneur.

CROCKFORD. Comment ?...

CRIBB. Jamais je ne me mêle des affaires de mes maîtres.

CROCKFORD. Mais, je te le permets.

CRIBB. C'est égal; je ne dirai rien.

CROCKFORD. Mais, je t'en prie.

CRIBB. Non, non... Je sais trop le respect...

CROCKFORD, *sortant brusquement.* Imbécile !

CRIBB. Bonsoir, votre honneur.

CROCKFORD, *sur le seuil de sa porte.* Je te ferai chasser.

CRIBB. Dormez bien, votre honneur...

SCENE III.

CRIBB, puis LORD BELGRAVE, MISS ANNA et sa GOUVERNANTE.

CRIBB. Je suis Écossais, moi; mylord m'a défendu de me mêler de la moindre chose ici. Je ne connais que ma consigne, et je ne me mêle que de boire, manger et dormir. (*Il éteint les bougies, et garde un bougeoir pour lui.*) Allons nous coucher. (*On entend une clé tourner dans une serrure.*) Qu'est-ce que c'est que ça ?...

(*Lord Belgrave, miss Anna, et la gouvernante entrent sans bruit* (*).

L. BELGRAVE. Ne faisons pas de bruit.

CRIBB, *à part, en les voyant.* Ah! voilà du nouveau.

L. BELGRAVE. Ne vous effrayez pas, Cribb.

CRIBB. Je ne m'effraie pas le moins du monde. Votre seigneurie n'est pas effrayante... non plus que son honneur miss Anna. (*A part.*) Elle n'est pas effrayante du tout, miss Anna... la gouvernante, c'est différent.

L. BELGRAVE, *à Cribb.* Eh bien ! donne-moi des nouvelles de sir Abel?

CRIBB. Eh ! mais... son honneur se porte assez bien.

ANNA. Il ne se ressent plus de sa blessure?

CRIBB. Je ne le lui demande jamais, vu que je ne dois me mêler de rien; mais il n'a pas l'air de s'en ressentir plus que moi, de sa blessure.

ANNA. Commence-t-il à s'égayer un peu?

CRIBB. Je crois au contraire, miss, qu'il commence à s'ennuyer.

L. BELGRAVE. Vous assistez quelquefois à ses entretiens avec sir Crockford; sur quoi roulent-ils?...

(*) La Gouvernante, Anna, Belgrave, Cribb.

CRIBB. Les entretiens?... Sur ceci, sur cela... sur la pluie... le beau temps...

ANNA. Sir Crockford... lui parle quelquefois... de moi?...

CRIBB. A sir Abel?... jamais. Le plus souvent il lui parle de choses que je ne comprends pas, ni lui non plus, je crois, ni sir Abel non plus. Les gentlemen appellent cela philosopher. C'est une terrible chose que philosopher!

ANNA, *interrompant Cribb.* Je crois, mon bon oncle, qu'il est temps de ramener Abel à Londres. Cette vie retirée ne saurait avoir de bons effets pour sa santé, ni pour sa raison, peut-être.

L. BELGRAVE, *à Anna et à la gouvernante.* Retirez-vous dans votre appartement; je vais en faire autant. Demain nous verrons Abel, et nous prendrons un parti.

CRIBB. Demain... votre grâce veut dire aujourd'hui; car voilà qu'il fait jour.

L. BELGRAVE. Allons! (*à Cribb.*) Personne ne nous a vus entrer au château; ma voiture et mes gens sont restés au village. Jusqu'à nouvel ordre, n'instruisez pas Abel de notre arrivée.

CRIBB. Ni sir Crockford?

L. BELGRAVE. Ni lui ni personne.

CRIBB. Sa grâce sera obéie.

L. BELGRAVE, *aux dames.* Venez. (*Ils sortent.*)

SCENE IV.

CRIBB, puis ANGELO.

CRIBB. Allons, encore une nuit blanche! Mais, bah! je réparerai cela quand je serai devenu quelque chose; car il faudra bien que je devienne quelque chose. (*Prêtant l'oreille.*) Comment! comment! est-ce qu'il nous arrive encore quelqu'un?... (*Regardant à la fenêtre.*) Ma foi! oui... Tiens! c'est le seigneur Angelo; je ne l'aime pas, celui-là... Il vous parle avec un ton... Faut qu'il ait le diable dans le corps pour arriver si matin, et justement un jour que mylord est ici. Il sera drôlement reçu, je crois, le seigneur Angelo. Eh bien! tant mieux; ça me fera plaisir.

ANGELO, *entrant.* Valet! va annoncer à sir Crockford que don Angelo d'Arquixas est arrivé.

CRIBB, *à part, avec colère.* Valet! valet! Il ne sait que ça... Va, je dirai à mylord que tu es ici.

ANGELO. Eh bien! m'entends-tu?..

CRIBB. Parfaitement. Mais c'est que son honneur n'est cou-

ché que depuis une heure; et je n'oserai jamais aller le réveiller.

ANGELO. Il le faut à l'instant.

CRIBB. Voilà sa porte; si vous voulez frapper vous-même?

ANGELO, *frappant à la porte.* Imbécile! (*Appelant.*) Sir
Crockford! sir Crockford! c'est moi! Angelo! Venez, c'est
pressé.

SCÈNE V.

LES MÊMES, CROCKFORD (*).

CROCKFORD, *avec colère.* Qu'est-ce que cela signifie de venir
à cette heure, déranger un brave homme?.. (*Reconnaissant
Angelo.*) Ah! c'est vous! (*Bas, et rapidement.*) Venir ici!...
quelle imprudence!

ANGELO, *à l'oreille de Crockford.* J'apporte de bonnes nouvelles. (*Haut, en désignant Cribb.*) Mais, ce valet.

CRIBB, *à part, avec colère.* Encore! (*Haut, d'un ton mielleux.*) Oh! je suis discret; très-discret. D'ailleurs j'ai ordre de
ne me mêler de rien.

CROCKFORD. Et il se mêle de tout. (*Lui donnant une petite tape
sur la joue.*) Ce bon Cribb! un bon Écossais tout-à-fait. (*Changeant de ton.*) Va-t'en!

CRIBB. Mais votre honneur...

CROCFORD. Va-t'en!

CRIBB, *s'en allant.* Je vais tout conter à mylord quand il sera
éveillé.

SCÈNE VI.

ANGELO, CROCKFORD.

CROCKFORD. Venir ici! quelle imprudence! Si lord Belgrave
vient à savoir...

ANGELO. Je saurai bien trouver quelques motifs à ma visite.

CROCKFORD. Mais, Abel?...

ANGELO. Abel me recevra bien, car je me suis fait précéder
d'un billet ainsi conçu : « J'ignorais les projets de Bianca sur
» vous; je vous le jure sur l'honneur. Si j'ai pris, ainsi qu'elle,

____

(*) Angelo, Crockford, Cribb.

» un autre nom, ce n'est point pour faire des dupes, mais pour
» obéir à cette ridicule manie du grand monde, qui m'eût
» repoussé sans cette innocente ruse. Je crois vous connaître
» assez pour penser que maintenant nos relations d'amitié vont
» se renouer. » — Et elles se renoueront, car Abel se pique
d'être philosophe... et puis il saisira avec empressement l'occasion de parler de sa Bianca.

CROCKFORD. Bien. Maintenant, dites-moi, qu'en faites-vous
de cette Bianca?

ANGELO, *avec un air triomphant.* Elle part.

CROCKOFRD Et pour?...

ANGELO, *du même ton.* Pour son pays, pour l'Écosse. Lord
Belgrave a obtenu d'elle ce nouveau sacrifice, afin qu'Abel
puisse revenir à Londres en sûreté.

CROCKFORD, *furieux.* Mais c'est ma ruine! ma ruine complète! Et vous osez venir me réveiller, en me criant à tue-tête,
avec un air radieux, conquérant : Bonne nouvelle! bonne
nouvelle! Ah! ça, mais vous moquez-vous de moi, monsieur?
Et tout cet argent que vous m'avez mangé en prétendu frais,
monsieur; cet argent?..

ANGELO. Sir Crockford, je réponds par un seul mot : ils se
rencontreront.

CROCKORD. En se tournant le dos, pour aller l'un à Londres,
l'autre en Ecosse.

ANGELO. Ils se rencontreront ici, aujourd'hui, dans quelques
instans.

CROCKFORD. Ah! mon dieu! vraiment? ils se... Mais comment?

ANGELO. Le cocher qui conduit la comtesse est gagné. Il s'é-
gare, passe par ici, y brise un brancard : force est d'entrer...

CROCKFORD. Je comprends, je comprends. C'est admirable!..
et là-dessus je vais me recoucher en attendant l'événement.

ANGELO. Vous coucher! il s'agit bien de cela. Vous allez d'a-
bord avoir la bonté de me compter, en espèces... ou banknotes,
ad libitum, la somme de cent soixante-dix-sept guinées pour
menus frais.

CROCKFORD. Comment, menus frais? Et les deux cents guinées que je vous ai remises la dernière fois?

ANGELO. Vous voyez bien qu'elles n'ont pas suffi, puisque j'ai
été obligé d'avancer...

CROCKFORD. Et pour ne pas réussir peut-être...

ANGELO. Ne pas réussir! mais la vue de la comtesse suffirait
seule pour bouleverser le cerveau du jeune homme. Oh! tout
ira bien, je vous en réponds. D'abord une demi-douzaine d'a-
mis, que j'ai amenés et qui m'attendent au village, font inva-
sion ici. Tous officiers du régiment de la Reine, bons et joyeux

compagnons: leurs fanfares éveillent Abel, et nous l'emmenons forcer un renard. Vous êtes de la partie.

CROCKFORD. Moi, avec de pareils étourdis !

ANGELO. Pour la décence, monseigneur, pour la décence. Après la chasse, un copieux déjeûner d'où l'ale fade et assoupissante sera bannie pour faire place au claret, au champagne, libations copieuses et fréquentes, toasts aux plaisirs , aux amours, à la beauté.

CROCKFORD. J'en suis toujours ?..

ANGELO. Toujours, pour la décence. — La délirante orgie se prolongera jusqu'au moment où Bianca, Bianca la douce, l'irrésistible, viendra la couronner. A l'ivresse du vin succédera celle de l'amour; Abel est éperdu, fasciné.

CROCKFORD, *se frottant les mains.* Parfait! parfait!..

ANGELO, *toujours du ton de l'enthousiasme.* La voiture est réparée : la Mondego y prend place; Abel s'y élance auprès d'elle , et tous deux partent pour l'Écosse, pour les jardins d'Armide. Délices, voluptés, ne les quittez plus... (*Changeant de ton.*) Vous montez aussi en voiture, mais vous prenez une autre route. Vous vous dirigez vers le monde des réalités, vers Londres; vous contez à lord Belgrave la nouvelle escapade de son neveu, et, ma foi! le testament sera d'une constitution robuste, s'il y résiste.

CROCKFORD. Je suis forcé d'en convenir, c'est bien, c'est très-bien.

ANGELO. Vous trouvez... Alors, donnez-moi mes cent soixante-dix-sept guinées, plus cent autres comme gratification...

CROCKFORD, *furieux.* Comment! comment! encore cent guinées!.. mais demandez-moi une bonne fois mon sang, ma vie...

ANGELO. Sans cela, je vais au-devant de la comtesse; je lui fais rebrousser chemin...

CROCKFORD. Non! Non! *Soupirant.*) Vous aurez cette somme; mais que ce soit la dernière, hein ?.. je vous en conjure. Voilà des mises de fonds énormes, excessivement énormes. (*On entend une fanfare de chasse.*) Mais qu'est-ce ?

ANGELO. Mes amis qui se seront impatientés à m'attendre. Je me charge de les recevoir... Allez vous préparer et prévenir Abel.

(Crockford sort.)

SCENE VII.

ANGELO, CHASSEURS.

(En entrant, ils chantent le chœur.)

De la meute avide
Entends-tu la voix?
Chasseur intrépide,
Vite au fond des bois.
De plaisirs, de gloire
Ton cœur est épris.
Viens de la victoire
Mériter le prix.
    Vite
  A sa poursuite
Vole avec ardeur,
  Agile chasseur.
    Vite
  A sa poursuite
Vole avec ardeur.
Honneur au vainqueur !

DEUXIÈME COUPLET.

Dans la forêt sombre,
Des loups ravissans
Entends-tu, dans l'ombre,
Les cris menaçans ?
Gente bachelette
Au tendre regard,
Peut-être seulette
Se trouve à l'écart.
    Vite,
  Pauvre petite !
ole avec ardeur
Calmer sa frayeur.
    Vite,
Elance-toi vite
Et reviens vainqueur,
Amant ou chasseur,

ANGELO. Et vive le plaisir! nous allons nous amuser comme des gens qui n'ont rien de mieux à faire. (*A Abel qui entre.*) Ah! mon cher Abel!.

SCENE VIII.

LES MÊMES, ABEL, puis CROCKFORD.

ABEL, *entrant*. Bonjour, mes amis, bonjour. (*Bas à Angelo.*) J'ai reçu votre billet, Angelo; vous m'aviez bien jugé. Votre main. (*Aux chasseurs.*) C'est bien, mes amis, de vous être souvenus de moi, et de venir me visiter dans ma solitude...

ANGELO. Nous venons vous en tirer pour quelques instans; nous vous emmenons chasser avec nous.

ABEL. Vos joyeuses fanfares me l'ont fait deviner, et, vous le voyez, je suis prêt.　　　　(*Il montre son habit de chasse.*)

CROCKFORD, *entrant en habit de chasse*. Et moi aussi.

ABEL. Vous aussi, mon bon cousin.

CROCKFORD. Comme vous le voyez, fidèle aux *us* et coutumes du bon vieux temps. Quel gentilhomme anglais, qu'il soit de robe, d'église ou d'épée, a jamais entendu une fanfare de chasse, sans prendre à l'instant le juste-au-corps et le coutelas caractéristiques?

ANGELO, *à Crockford*. Je vous fais mon compliment, sir Nathaniel, ce costume vous sied à ravir.

ABEL, *à part, avec tristesse en regardant Angelo*. La vue de cet homme me rappelle des souvenirs...

ANGELO, *allant à Abel et lui prenant affectueusement la main*. Chassez donc cet air triste, mon cher Abel, nos amis penseraient que leur présence vous est désagréable.

ABEL, *sortant de sa rêverie*. Vous avez raison. (*Aux chasseurs.*) Allons, mes amis, en route! et puisse la journée être bonne!

LES CHASSEURS. En route!　　　(*Ils sortent précédés d'Abel.*)

CROCKFORD, *voulant les suivre*. C'est ça, en route. Je vais gagner un apétit.　　　　(*Reprise du chœur.*)

SCENE IX.

CRIBB, seul, puis L'INTENDANT, BIANCA, NELLY.

CRIBB, *entrant avec précaution par la porte à gauche*. Il faut avouer que j'ai du malheur! j'ai eu beau écouter de mes deux oreilles, là, tout contre la porte, ce que don Angelo disait à sir Crockford avant l'arrivée des chasseurs, eh bien ! je n'ai pas entendu un seul mot... Je ne me mêle de rien... oh ! absolument de rien. Mais c'est égal... je suis bien aise de savoir, parce qu'enfin il peut y avoir quelque chose qui intéresse mylord. Je le lui rapporte, il me prend en amitié, m'honore de sa confiance... et ma foi ! il n'en faut pas davantage...

UNE VOIX AU-DEHORS. Entrez, entrez, madame...

CRIBB. Tiens, l'intendant ! A quelle dame parle-t-il donc ?..

(*Entrent l'intendant, Bianca et Nelly.*)

L'INTENDANT, à *Bianca*. Madame, il n'y a en ce moment personne au château, mais je suis sûr de servir les intentions de mon maître, en vous priant de vous reposer ici, pendant que je vais m'occuper de faire réparer votre voiture. Si vous avez besoin de quelque chose, veuillez le demander. (*A Cribb.*) Cribb, vous servirez madame. (*L'intendant sort.*)

SCENE X.

CRIBB, NELLY, BIANCA.

NELLY, *s'approchant de Cribb*. Cribb !.. Mais, oui... c'est bien lui...

CRIBB, *examinant Nelly*. Je ne me trompe pas ! Nelly ! ma cousine Nelly !

NELLY. Elle-même, en personne.

CRIBB, *l'embrassant*. Vous permettez, ma jolie cousine ?—Ah ! ça ! mais je vous croyais dans cette belle ville de Londres.

NELLY. Je n'y suis plus pour le quart d'heure.

CRIBB. Je le vois bien. Mais, pourquoi ?..

NELLY. Je retourne en Écosse avec ma maîtresse.

BIANCA, *se rapprochant, à Nelly avec douceur*. Ta maîtresse ! Oh ! Nelly ! dis-donc ton amie, ta sœur !..

NELLY, *avec effusion* Ma bonne cousine...

CRIBB, *à part*. Amie, sœur, cousine... il y a de quoi s'embrouiller...

NELLY, *à Cribb*. Et toi, que fais-tu ? comment te trouves-tu ici ?

CRIBB. Mais en assez bonne position : domestique d'un lord, membre du cabinet...

BIANCA, *l'interrompant*. Un lord, membre du cabinet, dites-vous ? Et il se nomme ?.

CRIBB. Lord Bélgrave.

NELLY. Tiens !

BIANCA, *avec inquiétude*. Et il habite ce château ?..

CRIBB. Non ; c'est son neveu, sir Abel.

BIANCA. *avec agitation*. Abel ! sir Abel ici !.. Nelly., il faut partir, partir à l'instant même.

CRIBB. Mon dieu ! mais il ne faut pas que mon jeune maître vous fasse peur ! il est gentil, très-gentil...

BIANCA, *à part, avec une agitation croissante*. Ici !.. Quelle fatalité a pu ?.. (*A Nelly*.) Partons, partons.

CRIBB Allons, rassurez-vous, sir Abel n'est pas ici ; il vient de partir pour la chasse, et ne rentrera que ce soir. Mais pourquoi craindre sa présence ? Est-ce que vous le connaissez ?..

BIANCA. Oüi... un peu... Nelly ! allons !..

CRIBB. Et lord Belgrave... vous le connaissez aüssi ?..

BIANCA. Aussi... un peu...

CRIBB. Oh ! bien alors, madame la comtesse, un mot en ma faveur. Faites sentir à mylord que la domesticité m'est inconvenante...

BIANCA, *l'interrompant avec anxiété*. Lord Belgrave est donc ici ?..

CRIBB, *avec joie*. De ce matin, grâce au ciel. Je cours les prévenir.

BIANCA. Arrêtez !.. (*A Nelly.*) Fuyons ! S'il me voyait ici...

CRIBB, *étonné*. Comment ?..

BIANCA, *dans le plus grand désordre*. Je serais perdue !

NELLY , *à Cribb qui la consulte de l'œil*. Perdue... oui, perdue...

BIANCA, *à Cribb*. Que personne ne le sache surtout.

(*Elles font quelques pas.*)

SCENE XI.

LES MÊMES, LORD BELGRAVE, ANNA.

L. BELGRAVE, *paraissant à la porte vers laquelle se dirige Bianca*. La précaution est inutile, madame.

BIANCA, *atterée*. Lord Belgrave !

L. BELGRAVE, *sévèrement*. Lui-même ! et fort étonné de vous rencontrer ici.

BIANCA, *vivement*. Par un accident que je n'ai pu ni prévoir, ni empêcher... Je me rendais en Ecosse...

(*) Nelly, Cribb, Anna, Belgrave, Bianca.

CRIBB. Mais c'est pas du tout la route pour aller en Ecosse.

L. BELGRAVE. Vous entendez?..

BIANCA. Je l'ignorais, mylord; je me fiais à mon guide. Pourquoi a-t-il changé de route, je ne sais : la nuit il a pu s'égarer.

CRIBB. A l'embranchement des deux routes. La nuit, quand il fait noir, on ne voit pas clair.

BIANCA. Quoi qu'il en soit, devant ce château ma voiture a versé.

CRIBB. Voilà-t-il un cocher de malheur!.. Se perdre la nuit, ça se voit; mais en plein jour verser!.. et sur une route comme la nôtre! un parquet, quoi! un vrai parquet!..

BIANCA, *continuant*. Votre intendant, témoin de notre malheur, s'offrit à le faire réparer, et nous fit entrer dans ce château, sans nous en nommer le propriétaire...

CRIBB. Et sitôt que je lui ait dit que c'était sir Abel, elle a voulu se sauver, comme si c'était le diable, sir Abel; j'avais beau lui dire qu'il était à la chasse pour toute la journée...

ANNA, *à part, avec joie*. Pour toute la journée?.. Il ne la verra pas...

CRIBB. Elle s'en allait quand vous êtes venu...

BIANCA. C'est la vérité, mylord. — Le sacrifice que vous m'aviez demandé était bien douloureux, mais, n'importe, je l'accomplirai avec bonne foi. Oh! laissez-moi du moins ce mérite, j'en ai besoin : c'est ma seule consolation... et maintenant... (*A part, en pleurant.*) Si près de lui et ne pas le voir... (*Haut à Belgrave.* Et maintenant je vais m'éloigner.

(Elle fait un mouvement.)

L BELGRAVE, *l'arrêtant*. Arrêtez, madame, vous ne pouvez décemment vous reposer qu'ici en attendant le moment de repartir. Du reste, ce ne sera pas long. (*A Cribb.*) Allez dire qu'on attelle à l'instant les chevaux de madame la comtesse à une de mes voitures; sitôt qu'on sera prêt, vous viendrez m'avertir...

CRIBB. J'y cours. (*A Nelly.* Viens m'aider à changer vos paquets de voiture.

(*Ils sortent en courant et heurtent Crockford qui, les habits déchirés et souillé de boue, entre en boîtant et appuyé sur le bras d'Angelo.*)

SCENE XII.

ANGELO, CROCKFORD, BELGRAVE, ANNA, BIANCA.

CROCKFORD, *avec colère*. Butor! animal! imbécille!

L. BELGRAVE. Qu'est-ce? (*Apercevant Crockford.*) Crockford... et Abel?..

ANNA, *avec inquiétude.* Vous suit-il?..

BIANCA, *avec joie.* Je le reverrais!

BELGRAVE, *à Crockford qui est allé, sans répondre, se jeter lourdement dans un fauteuil.* Mais Abel? Abel?..

CROCKFORD, *avec humeur.* Eh pardieu! c'est bien de lui qu'il faut s'occuper! Il court par monts et par vaux, votre Abel.

ANNA, *avec joie.* Ah!

BIANCA, *avec tristesse.* Je ne le verrai pas. (*Elle tombe le coude appuyé sur un guéridon et la tête dans sa main.*)

BELGRAVE, *à Angelo.* Vous ici, monsieur?

ANGELO, *à lord Belgrave, en le saluant respectueusement.* Je savais que votre grâce y était; et comme j'ai un rapport important et pressé à lui faire...

BELGRAVE, *sèchement.* C'est bien, monsieur!

CROCKFORD, *avec humeur, après s'être frotté, tiré, etc., etc.* Je suis anéanti, moulu. J'ai quelque chose d'avarié dans le corps, c'est sûr; eh bien! on ne fait pas plus attention à moi qu'à un chien mordu par le renard...

ANNA, *à Crockford avec câlinerie.* Que vous est-il donc arrivé, mon bon cousin?

CROCKFORD. Il m'est arrivé... il m'est arrivé que ce grand fou que voilà (*Il montre Angelo.*) m'a fait monter un coquin de cheval dont il me garantissait la douceur, la bonne éducation.

ANGELO, *l'interrompant.* Et le coquin de cheval, sans respect pour le vénérable fardeau que je lui avais confié, a jeté son honneur dans un fossé bourbeux, où il s'est arrangé comme le voilà. (*Bas à Crockford, en se penchant à son oreille comme pour essuyer le collet de son habit.*) Regardez... près du guéridon.

CROCKFORD. Hein?.. (*Suivant l'œil d'Angelo qui se dirige vers la cheminée, et se levant en apercevant Bianca.*) Bianca! (*Se tournant vers lord Belgrave, et lui montrant Bianca.*) Quoi!

L. BELGRAVE, *à Crockford, en souriant.* Rien d'étonnant...

CROCKFORD, *interdit.* Pourtant je m'étonne infiniment que lord Belgrave... Je me permets de m'étonner, et je... dis que... je... m'étonne infiniment; car, enfin, vous avouerez... c'est... c'est étonnant... étonnant!

ANGELO, *à part, en regardant.* Le fait est que je ne comprends pas comment ce vieux renard se trouve ici avec elle.

L. BELGRAVE. Madame la comtesse a versé devant mon château. Je l'ai priée de s'y reposer, pendant qu'on attèle ses chevaux à une de mes voitures.

ANGELO, *à part.* Diavolo ! notre plan est manqué. (*Haut.*) Il est heureux qu'Abel...

(*Un regard de lor Belgrave lui ferme la bouche.*)

CROCKFORD, *après avoir fait une horrible grimace de désapointement.* C'est effectivement fort heureux qu'il ne soit pas là ce petit écervelé. (*A part.*) Je donnerais mille guinées pour qu'il y fût.

ANNA, *à part, avec inquiétude.* C'est vrai ! S'il allait revenir.

(*Elle court à une fenétre.*)

BIANCA, *à part.* Oh ! le revoir encore un instant, mon Dieu !

ANNA, *à la fenétre, avec un cri de joie.* Ah ! voilà Cribb ! La voiture est prête ; elle le suit.

ANGELO, *bas, à Crockford.* Ce n'est pas ma faute.

CROCKFORD, *à part.* Si ce n'est pas à en devenir fou ! à se battre ! à s'arracher les cheveux !

ANGELO, *bas, à Crockford.* Contenez-vous.

CROCKFORD, *à part, avec désespoir.* Et toutes mes mises de fonds perdues ! J'en mourrai !

(*Musique, fanfares de chasse.*)

L. BELGRAVE, *s'approchant de Crockford.* Souffrez-vous plus ?

CROCKFORD. Horriblement.

ANGELO, *prêtant l'oreille à une fanfare éloignée qu'il paraît seul entendre.*) Abel ! (*Bas, à l'oreille de Crockford.*) Abel revient. Courage !

SCENE XIII.

LES MÊMES, CRIBB, NELLY (*).

ANNA, *quittant la croisée lorsqu'elle entend ouvrir la porte.* Eh bien ! Cribb ?..

CRIBB. La voiture attend à la porte.

NELLY. Et nous avons un cocher qui ne nous perdra pas, j'espère.

L. BELGRAVE, *à Bianca.* Allons, madame.

CROCKFORD, *à part.* Oh ! j'ai des frissons dans le dos.

ANGELO, *bas, à Crockford.* Retenez-les.

(*) Angelo, Crockfort, Anna, Belgrave, Bianca, Nelly, Cribb *Abel Wilmore.*

BIANCA, *à part.* Fini! fini pour toujours!.. Ne plus le voir jamais!.. Il ne saura même pas...

NELLY, *bas, à Bianca.* Courage, bonne cousine; il te reste une amie.

BIANCA, *à Belgrave, après avoir serré la main de Nelly.* Allons, mylord... allons... (*A Anna.*) Adieu, miss.

ANNA, *l'embrassant.* Oh! je vous aime et vous bénis.

L. BELGRAVE, *prenant le bras de Bianca.* Allons, madame.

(*Ici entre Abel, sans bruit et sans que personne s'en aperçoive; à la vue de Bianca, il reste interdit, et se cachant derrière les autres personnages, il écoute.*)

SCENE XIV.

LES MÊMES, ABEL, *caché derrière les autres.*

L. BELGRAVE, *continuant, et tenant toujours le bras de Bianca.* Et rappelez-vous que vous aurez toujours dans lord Belgrave un ami reconnaissant, dévoué, qui sera heureux de vous rendre service, et quoi qu'il fasse, ne croira jamais s'être acquitté envers vous.

BIANCA, *avec émotion, mais dignité.* Mylord, il est des actions qui portent leur récompense en elles-mêmes. Quand je me décidai à faire mentir mon amour, à m'attirer le mépris d'Abel, en feignant des sentimens...

ABEL, *passant entre lord Belgrave et Bianca, qu'il sépare, et prenant la main de cette dernière.* Oh! merci!

(*Son émotion l'empêche de continuer.*)

ANNA, *avec désespoir.* Tout est fini.

ANGELO, *bas, à Crockford, avec joie.* La partie n'est pas perdue.

ABEL, *à Bianca, avec la plus vive émotion.* Ainsi donc, c'était un généreux mensonge, un sublime dévouement. Tu m'aimes! tu m'as toujours aimé! Oh! pardon, je t'accusais, je m'efforçais à te mépriser, à te haïr. Pardon! ma Bianca chérie, pardon!

L. BELGRAVE, *à Bianca, en faisant un geste pour l'engager à sortir.*) Madame, la voiture vous attend...

ABEL, *vivement.* Me l'ôter encore? non, non! Elle est à moi, à moi pour toujours!

(') Angelo, Crockford; Anna, Belgrave, Abel, Bianca, Nelly, Cribb.

L. BELGRAVE, *à Bianca.* Oh! mais, madame, dites-lui donc...

BIANCA, *à Abel.* Abel, vous le savez, impossible...

ABEL, *l'interrompant vivement.* Rien d'impossible quand on aime !.

L. BELGRAVE, *à Abel.* Avez-vous donc oublié?..

ABEL, *l'interrompant.* Quoi? sa naissance obscure, son humble condition? Oh! elle a ce qui vaut mieux que rang et naissance, un cœur noble et généreux; et je veux...

L. BELGRAVE. Jamais je ne souffrirai...

ABEL. Mylord, je suis libre.

L. BELGRAVE. Les droits d'un tuteur...

ABEL, *l'interrompant.* Impuissans, mylord. Garotez-moi, enfermez-moi; je briserai mes liens, je forcerai ma prison; car je la veux, à tout prix je la veux.

CROCKFORD. Oh! oh! mon jeune ami.

L. BELGRAVE. Ingrat! c'est donc ainsi que tu me récompenses de tout ce que j'ai fait pour toi; vingt ans de soins paternels, de tendresse...

ABEL. Toute ma reconnaissance pour ce temps où vous fûtes si généreux et si bon; mais, maintenant, vous voulez que je pense avec vos pensées, que je sente avec vos sentimens; vous repoussez le bonheur que je veux pour m'imposer un bonheur à votre guise : c'est de la tyrannie, mylord; et, de quelque part qu'elle vienne, je la combats et la renverse. (*A Bianca.*) Viens, ma Bianca.   (*Il veut l'entraîner.*)

L. BELGRAVE, *l'arrêtant.* Mais de quoi vivrez-vous, malheureux?

CROCKFORD. Oui, de quoi vivrez-vous?

ABEL. J'ai des bras, des amis...

L. BELGRAVE. Vous en aviez quand on vous croyait l'héritier de ma fortune, de mes titres... Mais, plus de fortune...

CROCKFORD. Plus de fortune...

ABEL. Eh bien! pauvre, mais heureux!

L. BELGRAVE. Plus de titres, de dignités...

ABEL. Soit. Je me ferai peuple, et j'y gagnerai; car, maintenant, la noblesse descend, et le peuple monte... (*Voulant entraîner Bianca.*) Viens, ma Bianca; viens être heureuse.

BIANCA, *pleurant, et retenant Abel.* Hélas! mon Abel... je ne dois... je ne puis...

ABEL, *la regardant avec anxiété.* Quoi! tu veux?..

BIANCA, *pleurant toujours, et parlant avec effort.* Loin... de vous... me... retirer.

ABEL, *avec force.* Oh! mais, partout où tu seras, je serai,

priant, suppliant, mourant, si tu ne m'écoutes... Viens, viens !
(*Avec explosion.*) Je le veux ! je l'ordonne.

(*Il l'entraîne violemment.*)

BELGRAVE. Il est fou! Mes gens!.. (*Sonnant violemment, et indiquant Abel aux laquais qui paraissent aussitôt.*) Qu'on l'arrête !

ABEL, *s'arrêtant au milieu du théâtre, et tirant son couteau de
chasse.* Violences pour violences!.. (*S'avançant rapidement en
traînant Bianca de la main gauche, et agitant son couteau de
chasse de la main droite.*) Place, valets ! place !..

FIN DU DEUXIÈME ACTE.

ACTE III.

Un petit salon dans un hôtel garni. Au fond deux portes; une au milieu,
une autre au coin à droite. Au premier plan. à droite et à gauche,
une porte. Un guéridon, à gauche sur l'avant-scène; il y a dessus un
écritoire.

SCENE PREMIERE.

ABEL, BIANCA, ANGELO, CONVIVES.

(*Ils sont à table, à la fin d'un dîner. Au lever du Rideau,
Angelo se lève, et sur un air que l'orchestre a joué comme
entr'acte, chante :*)

CHŒUR.

Rions, aimons, chantons,
Des voluptés vidons la coupe.
L'esquif où nous voguons,
A, de par dieu! bon vent en poupe.

ANGELO.

Laissons gémir
La chagrine vieillesse ;
Sachons cueillir
Les fleurs de la jeunesse.
C'est pour nous
Que la rose nouvelle
A des parfums si doux ;
Et ce n'est plus pour elle.

CHŒUR.

Rions, aimons, chantons,
Des voluptés vidons la coupe,
L'esquif où nous voguons,
A, de par dieu! bon vent en poupe.

BIANCA, *deposant la mandoline sur laquelle elle accompagnait Angelo.*) Angelo, en ce moment d'abandon, où nous sommes tous si gais, si heureux, il faut que je vous fasse un aveu.

ANGELO et ABEL. Un aveu!!

BIANCA. Oui... quelque chose qui pèse sur ma conscienc et dont je veux me délivrer... Jamais je n'en trouverai une meilleure occasion.

ANGELO. Parlez. Je mets à votre service toute la gravité dont je puis disposer en ce moment.

BIANCA. Depuis le jour où Abel a quitté le château de lord Belgrave, pour venir ici à Londres avec moi...

(*Elle prend avec sentiment une main à Abel.*)

ANGELO. Eh bien, depuis ce jour?...

BIANCA. Vous nous avez donné à l'un et à l'autre bien des témoignages d'amitié... Pardon, mon ami, ce n'est que depuis très-peu de temps que je crois tout cela sincère...

ANGELO. Diable! ceci devient sérieux... douter...

BIANCA, *l'interrompant.* Oh! je ne doute plus maintenant, et je viens de vous dire que c'était pour soulager ma conscience que je vous faisais cet aveu.

ANGELO. Ainsi donc vous m'accusiez! mais de quoi? mon dieu! d'avoir été un instant jaloux du bonheur d'Abel? Il était si grand, ce bonheur! (*Prenant hypocritement la main d'Abel.*) Qui n'aurait pu le voir sans un peu d'envie?...

ABEL. Je conçois trop un tel sentiment, pour ne pas vous le pardonner, mon ami.

ANGELO. Oui, votre ami, car tout jaloux que j'étais de votre bonheur, je l'ai aidé, servi. C'est par moi que Bianca a pù pénétrer dans le château où lord Belgrave vous tenait emprisonné; c'est par moi que vous avez eu l'argent qui vous fait vivre ici...

ABEL. Pas un mot de plus. Je n'ai jamais cessé de voir en vous un ami fidèle, dévoué, et si jamais je puis vous rendre service pour service... (*Se levant*) Mais l'heure se passe, mes amis; bientôt le soleil disparaîtra... allons, sans plus tarder, faire la petite promenade projetée sur la Tamise.

TOUS LES AUTRES. Oui. oui, partons.

(*On se met en devoir de sortir. On prend ses chapeaux.*)

ANGELO, *à part.* Ce scélérat de Crockford n'arrive pas. Qui diable peut le retenir?...

ABEL, *à Angelo.* Ne venez-vous...

ANGELO, *prenant sa canne et son chapeau.* Je vous suis...

SCENE II.

LES MÊMES, CROCFORD(*).

ABEL, *apercevant Crockford.* Sir Crockford!

ANGELO. Eh! bon dieu! quel air sombre!

CROCKFORD, *les retenant tous du geste.* Où allez-vous, où allez-vous, enfans de scandale et de perdition?.. (*Regardant la table.*) Voici les reliefs d'un festin qui déposent contre votre tempérance... voici des instrumens de musique... Vous avez ri, vous avez bu, vous avez chanté; et maintenant vous courez à des voluptés nouvelles.

ABEL, *à Crockford.* Cher cousin, si je ne me trompe, c'est l'exorde du discours que vous avez prononcé à votre dernière assemblée de tempérance.

CROCKFORD. Non, à l'avant dernière... Mais qu'importe que la vérité ait été dite, s'il est bon de la redire encore. (*Reprenant le ton de la déclamation.*) Fils de Bélial!...

TOUS, *riant.* Ah! ah! ah!

CROCKFORD. Je crois, Dieu me damne, que vous me riez au nez... mais cela ne m'empêchera pas d'accomplir ma mission. Vous m'entendrez jusqu'au bout.

ABEL. Mais le discours dont vous nous menacez a duré deux heures, je crois.

(*) Angelo, convives, Crockford, Abel, Bianca.

ANGELO. C'est effrayant !

CROCKFORD. Ce n'est point de cela qu'il s'agit. En voyant ces horreurs... *(Il montre la table.)* je n'ai pu retenir un premier mouvement d'indignation... mais je m'en suis rendu maître pour ne m'occuper que de vous, de votre intérêt, mon jeune ami. *(Il prend la main d'Abel.)*

ABEL. Je devine.

BIANCA. C'est lord Belgrave qui vous envoie ?

CROCKFORD. Oui, c'est ce bon, ce vénérable...

ABEL, *l'interrompant.* Et il espère... non, non. — Mon bon cousin, assurez mylord de ma reconnaissance, de mon respect... mais dites-lui que jamais, non, jamais, je ne me séparerai d'elle.

BIANCA. Mais Abel...

ABEL. Pas un mot, pas un seul; ce serait inutile, tu le sais... Allons, mes amis, allons.

TOUS. Allons, allons.

ABEL, *à Bianca, pensive.* Allons, allons. *(A Crockford, tout en entraînant Bianca.)* Adieu, cousin, adieu.

SCENE III.

ANGELO, CROCKFORD.

ANGELO. Je vous en fais mon compliment, sir Crockford, vous parlez à merveille.

CROCKFORD, *avec colère.* Et il fallait bien justifier devant tous ces gens ma présence dans cette maison... beau lieu de rendez-vous que vous choisissez-là !

ANGELO. Il fallait que je vous visse à l'instant même, et je ne pouvais sortir d'ici.

CROCKFORD. Et pourquoi tant d'empressement ?

ANGELO. Pour vous demander de l'argent.

CROCKFORD, *furieux.* De l'argent !... Décidément, sir Angelo, vous abusez de moi d'une manière indécente.

ANGELO. Ce sera la dernière fois.

CROCKFORD. Vous m'avez fait dix fois la même promesse.

ANGELO. Il s'agit de frapper un grand coup, d'emporter la victoire d'assaut, de tout terminer aujourd'hui même.

CROCKFORD. Et comment ?

ANGELO. J'ai découvert que madame la comtesse de Mondego avait signé une lettre-de-change, je me suis entendu avec le détenteur de cette créance; je la lui achète... c'est-à-dire vous la lui achetez... Aussitôt je la mets entre les mains d'un schérif de mes amis, qui en poursuit vivement le paiement; il menace, parle de jugement, de déportation... et pour éviter un tel malheur à sa Bianca, Abel qui n'a pas un sou...

CROCKFORD. Je consens!... Mais je vous déclare qu'après cela vous n'aurez plus rien, pas un penny. Que diable! je ne peux pas me ruiner en réalité pour m'enrichir en espérance.

NELLY, *accourant par le fond.* Seigneur Angelo, quelqu'un est dans votre chambre, qui désire vous parler.

ANGELO, *bas à Crockford.* C'est le détenteur des créances... Venez.   (*Ils sortent par le fond.*)

SCENE IV.

NELLY, CRIBB.

CRIBB, *regardant Crockfort qui s'en va.* Comment sir Crockford! est-ce qu'il est des vôtres?...

NELLY. Du tout. Je viens même d'entendre quelques mots de conversation entre lui et ce grand Angelo...

CRIBB. Qu'est-ce qu'ils se disaient donc?...

NELLY. C'est mon affaire; j'en instruirai ma cousine.

CRIBB. Mais comment as-tu entendu?...

NELLY. Vraiment comme on entend : en écoutant. C'est ce que j'étais en train de faire quand tu es venu me déranger.

CRIBB. Jolie occupation! Ainsi tu épies tes maîtres?

NELLY. Est-ce qu'il ne t'arrive jamais d'épier les tiens?

CRIBB. Au contraire, ça m'arrive très-souvent. Mais c'est égal, tu as le plus grand tort.

NELLY. Eh bien! et toi?

CRIBB. Oh! moi, c'est différent, très-différent; parce que... vois-tu... D'ailleurs, ça ne m'arrive plus... vu que je ne suis plus domestique...

NELLY. Bah!

CRIBB, *avec fatuité.* Oui; j'ai quitté la domesticité; ça n'était pas mon fait. Je suis fonctionnaire.

NELLY. Fonctionnaire!

CRIBB. Watchmann de la ville et cité de Londres. C'est la protection de lord Belgrave qui m'a fait avoir ça.

NELLY. Il me semble que la protection d'un aussi grand seigneur aurait pu te faire avoir quelque chose de mieux.

CRIBB. Quoi?

NELLY. Que sais-je, moi?—Belles fonctions qui ne s'exercent que dans l'obscurité.

CRIBB. Oh, mais je n'en resterai pas là ; je me ferai remarquer.

NELLY. Remarquer dans l'obscurité.

CRIBB. Par ma vigilance... et ma lanterne. Alors j'avancerai.

NELLY. Tu n'avanceras toujours qu'à tâtons.

CRIBB, *lui prenant la main*. Méchante.— Je viens pourtant te demander, maintenant que me voilà lancé... je viens vous demander, miss Nelly, si vous voulez devenir mistress Cribb.

NELLY. Hein ?

CRIBB. Tu n'as pas entendu ?

NELLY. Si fait. Mais...

CRIBB. Tu es bien aise que je répète.

NELLY. Voyez-vous le fat ! (*On entend du bruit.*) Voici ma cousine et sir Abel.

SCÈNE V.

ABEL, BIANCA, NELLY, CRIBB.

BIANCA. Ah ! c'est toi, Cribb ?...

CRIBB. C'est moi qui viens faire une proposition à Nelly, et vous prier de l'appuyer.

NELLY. Nous parlerons une autre fois de ta proposition. Il s'agit pour le moment de quelque chose de plus pressé.

ABEL. Toi qui es au service de mon oncle, dis-moi, Cribb, comment se porte-t-il ?...

CRIBB. Je ne suis plus au service de mylord ; je peux cependant vous dire que sa seigneurie se porte assez bien... il n'y a que le sommeil et l'appétit qui vont mal... Du reste, sa seigneurie est comme tout le monde, à ça près de ses douleurs de poitrine et d'entrailles... et de ses maux de tête qui ne le quittent jamais.

ABEL, *à part, avec tristesse*. Pauvre oncle ! les peines que je lui cause ne sont pas étrangères à ce déplorable état de sa santé ! (*Cribb.*) Il ne parle pas de moi.

CRIBB. Quelquefois avec sir Crockford.

ABEL. Et que dit-il ?...

CRIBB. Pardon... je ne peux pas vous répéter cela... Il dit beaucoup de mal de vous... Sir Crockford prend votre parti.

ABEL. Crockford prend mon parti ! ce bon cousin ! et moi qui pensais...

NELLY, *vivement à Abel*. Ne vous y fiez pas trop. Quand vous êtes sortis, il est resté là à causer avec dom Angelo ; je les ai entendus.

CRIBB. C'est-à-dire qu'elle les a écoutés.

ABEL, *à Nelly*. Eh bien ?

Abel Wilmore.

NELLY. Dom Angelo parlait d'un plan... il disait qu'il le ferait réussir..... je ne sais pas quand. Le reste de l'entretien m'a échappé. Mais, croyez moi, ils ne vous veulent de bien ni l'un ni l'autre...

ABEL. Cacher ainsi la trahison sous les faux-semblans de l'amitié! non, je ne puis croire...

BIANCA. Ne nous aveuglons pas à plaisir, mon Abel. (*A Nelly.*) Ma bonne Nelly, observe. (*Apercevant Angelo qui entre.*) Angelo! silence!

SCENE VI.

LES MÊMES, ANGELO (*).

ANGELO, *accourant.* Mes amis, mes pauvres amis; préparez-vous : je vous apporte une mauvaise nouvelle.

ABEL. Qu'est-ce donc?..

BIANCA. Parlez; parlez vite.

NELLY, *à Cribb.* Est-ce déjà leur plan qui commence à s'exécuter?

CRIBB, *bas, à Nelly.* Écoutons.

ANGELO. Il y a en bas un schériff, accompagné de gardes, qui demande Bianca.

BIANCA. Moi?..

ANGELO. Il est porteur d'un effet de commerce souscrit depuis long-temps par la comtesse de Mondego.

ABEL, *vivement.* Et de quelle valeur cet effet?..

ANGELO. Je ne sais. Au reste, il vous le dira lui-même, car le voici...

SCENE VII.

LES MÊMES. UN SCHÉRIFF.

(*La porte, en s'ouvrant pour laisser passer le schériff, laisse voir des gardes qui s'arrétent dans l'antichambre.*)

LE SCHÉRIFF, *à Bianca, en la saluant.* Est-ce à madame la comtesse de Mondego que j'ai l'honneur de parler?

(*) Abel, Angelo, Bianca, Nelly, Cribb.
(**) Abel, Angelo, l'officier, Bianca, Nelly, Cribb.

BIANCA. Oui, monsieur.

LE SCHÉRIFF. Je viens pour vous réclamer le montant d'une lettre-de-change signée par vous au profit du banquier Jeffries.

ABEL, *au schérif*. Et à combien s'élève-t-elle, monsieur, à combien?..

LE SCHÉRIFFF, *l'interrompant*. A six cents livres.

ANGELO. Six cents livres! c'est énorme!

ABEL. Où trouver cette somme?..

LE SCHÉRIF. Trouvez-la, sir Abel; à tout prix trouvez-la. Si Jeffries n'est pas payé aujourd'hui même, il remettra son titre entre les mains de la justice, et vous savez quel affreux malheur il en peut résulter pour madame.

ABEL. Quoi?.. que voulez-vous dire?..

LE SCHÉRIFF. Comment!.. vous ignorez!..

ABEL. Oh! de grâce, expliquez-vous, monsieur... expliquez-vous...

LE SCHÉRIFF. Madame ne s'est pas douté, qu'en signant sa lettre-de-change du nom de comtesse de Mondego, elle commettait un acte que la loi punit d'un horrible châtiment; il ne s'agit rien moins...

ANGELO, *l'interrompant*. Que de Botany-Bay; il a raison.

BIANCA, *tombant sur son fauteuil*. Oh!

ABEL, *éperdu*. Nous vous paierons, monsieur; nous vous paierons; mais de grâce, deux jours, un jour...

LE SCHÉRIFF. Je ne le puis, malgré tout mon désir de vous être agréable; j'ai des ordres précis.

BIANCA, *à part, absorbée dans ses pensées*. Botany Bay!..

ABEL, *au schérif*. Monsieur, ne soyez pas sans pitié; il s'agit de l'honneur, de la vie.

ANGELO, *au schériff*. Ne pouvez-vous?.. (*toujours à l'officier, mais bas et rapidement.*) Accordez une heure.

LE SCHÉRIFF. Tout ce que je puis faire, c'est de vous accorder une heure; mais songez que pendant ce temps mes gens resteront là. Ainsi toute tentative d'évasion serait inutile. (*Prenant son chapeau et saluant.*) Dans une heure.   (*Il sort.*)

SCENE VIII.

ANGELO, ABEL, BIANCA, NELLY, CRIBB.

BIANCA, *avec désespoir*. Botany-Bay!.. là où on envoie les voleurs, les assassins, les filles perdues, tout ce qui salit la terre natale. Oh! la mort plutôt! mille fois la mort!

NELLY. Pauvre chère cousine!..

ABEL, *à Bianca.* Ta douleur me rendra fou!..

ANGELO, *l'interrompant.* Ce n'est pas le moment de faire du désespoir et du sentiment. Songeons à nous tirer d'embarras. Voyons, quelle ressource avez-vous?.. en argent?..

ABEL. Une trentaine de guinées...

ANGELO. Moi autant. Elles sont à vous... du crédit?..

ABEL. Il est épuisé... Dans tout Londres je ne trouverais pas un schelling.

ANGELO. Moi non plus. Des Amis?... c'est inutile, on n'en a pas quand on est pauvre... Mais il vous reste quelques bijoux?...

ABEL, *montrant Bianca dont les regards suivent avec anxiété les interlocuteurs.*) Hélas! non...

NELLY, *avec sentiment.* Mon dieu! pourquoi ne suis-je pas riche!...

ANGELO. Je ne vois pas...

ABEL, *avec désespoir.* Oh! mon ami, ne nous laissez pas dans cette horrible position... trouvez un moyen..

BIANCA. Il n'y en a qu'un... Abel, c'est un juste châtiment que le malheur qui me frappe aujourd'hui... Enlever un fils à son père, jeter le deuil et le désespoir dans une famille... Toi, noble et généreuse victime, t'entraîner dans mon malheur...

ABEL, *à Bianca.* Oh! ne parle pas ainsi...

BIANCA, *l'interrompant.* Oui, c'est un juste châtiment; mais, seule je l'ai mérité, seule je dois le subir. Retourne près de lord Belgrave; il te rendra son amitié...

ABEL. Mais toi?...

BIANCA. Ma destinée s'accomplira...

ABEL. Toi en prison! salie, souillée par le contact impur de ses infâmes habitans! puis traînée aux pieds d'un tribunal qui, le jour, à la face de tous, te flétrira d'un arrêt infamant! toi si pure, toi si digne... toi devant cette foule dont chaque regard est une insulte, chaque parole une humiliation! Toi jetée sur cette terre du flétrissant exil...

BIANCA, *pâle faible, tremblante, pouvant à peine parler.* Je mourrai... j'aurai ce courage...

(*Elle s'évanouit en disant ces derniers mots.*)

NELLY. Oh! ma pauvre cousine...

(*Elle s'empresse auprès de Bianca ainsi que Cribb.*)

ABEL, *éperdu.* L'idée seule du sort qui l'attend... (*Se penchant sur elle.*) Bianca... ma Bianca...

CRIBB, *à Nelly.* Transportons-la dans sa chambre...

ANGELO, *vivement.* Oui, sur son lit... elle sera mieux...

ABEL. C'est cela.., sur son lit.

(*Il veut suivre Bianca qu'on emporte.*)

ANGELO, *le retenant.* Leurs soins suffiront. Nous avons autre chose à faire.

SCÈNE IX.

ABEL, ANGELO.

ABEL, *se promenant avec agitation.* Que faire?... que faire?... (*Allant à Angelo.*) Angelo, mon ami, vous qui êtes de sang-froid, prenez pitié de nous, conseillez-moi...

ANGELO. Que voulez-vous...

ABEL. Que sais-je, moi! votre esprit est fécond en ressources! Dans vos fréquentes luttes avec le malheur, vous avez appris à le vaincre. Oh! de grâce, un moyen de la sauver, mon ami, un moyen, quel qu'il soit.

ANGELO, *réfléchissant.* Un moyen...

ABEL, *avec anxiété.* Eh bien?

ANGELO. Il y a bien un moyen...

ABEL. Lequel? oh! lequel? que je l'emploie...

ANGELO. Non... il est inutile.

ABEL. Oh! dites, dites... quel qu'il soit.

ANGELO. Non... vous n'en voudrez pas...

ABEL. Oh! mais fallût-il mon sang, ma vie, mon honneur... Oh! mais dites donc! vous me faites mourir.

ANGELO. Vous n'auriez qu'à trouver mauvais... vous fâcher...

ABEL. Je vous bénirai comme mon meilleur ami, mon ange sauveur, mon dieu tutélaire.

ANGELO, *à part.* Bonnes dispositions. (*Haut à Abel, en lui présentant une petite feuille de papier oblongue.*) Connaissez-vous cela?..

ABEL. C'est un des billets imprimés dont se sert lord Belgrave pour tirer sur son banquier... comment vous l'êtes-vous procuré?

ANGELO, *négligemment.* Oh! mon dieu! un soir que j'étais dans le cabinet de lord Belgrave, j'aperçus cette feuille échappée sans doute de son carnet, et qui traînait à terre; je la pris et la serrai dans mon portefeuille. Bonne idée, qui nous sauve aujourd'hui.

ABEL. Je ne vois pas comment; ce n'est qu'un chiffon de papier sans aucune valeur. Les blancs laissés pour l'indication de la somme, pour la date et pour la signature ne sont pas remplis. (*Bianca paraît à la porte et écoute.*)

ANGELO. Mais s'ils l'étaient... si la somme était sept cents livres sterling... la date 27 septembre, la signature Belgrave, le banquier de votre oncle ne paierait-il pas, et Bianca ne serait-elle pas sauvée?..

ABEL. Sans doute.

ANGELO, *mettant le papier sur une table et du doigt indiquant les blancs.* Eh bien! écrivez là : Sept cents livres...

ABEL. Quand je ferais cela...

ANGELO, *continuant.* Datez d'aujourd'hui... non, d'hier 26, pour plus de vraisemblance.

ABEL. A quoi bon? la signature n'y sera toujours pas.

ANGELO, *étouffant sa voix.* Elle y sera, si vous voulez. Plusieurs fois je vous ai vu, en barbouillant sur vos cahiers de dessin, l'imiter à tromper lord Belgrave lui-même.

ABEL, *avec terreur.* Un faux! un crime!.. (*Bianca se retire.*)

ANGELO, *à part.* Diable! il s'effarouche... (*Reprenant son sang-froid.*) Faux! crime!.. j'en étais sûr!.. Mon dieu! mon ami, jugeons un acte sur les intentions qui l'ont inspiré, sur les résultats qui l'ont suivi. Que vous preniez le nom d'un étranger pour avoir son argent, qui ne vous appartient pas; que vous appeliez sur sa tête, sur celle de ses enfans, la misère, la banqueroute, le déshonneur, et cela pour satisfaire des passions mauvaises, vous serez un faussaire, digne du mépris des hommes et de la sévérité des lois. Mais rien de tout cela ici; le nom que vous empruntez sera bientôt le vôtre; l'argent que vous vous procurez vous appartient déjà, car vous êtes toujours l'héritier de lord Belgrave. Vous ne faites de tort à personne; vous arrachez une victime au malheur... (*S'interrompant.*) Du reste, chacun ses convictions sur ce sujet; je respecte les vôtres, et si j'ai dit tout cela, ce n'est pas pour les ébranler, mais pour me justifier d'avoir fait une proposition qui ne me fût pas venue à l'esprit si je l'eusse crue incompatible avec l'honneur.

ABEL, *à lui même, avec agitation.* Un faux!..

ANGELO. Vous ne pensez pas comme moi! eh bien! tout est dit, n'en parlons plus...

CRIBB, *accourant tout effaré.* Oh dieu! monsieur, venez... cette pauvre dame... une attaque de nerfs... (*Il rentre dans la chambre.*)

ABEL, *s'élançant dans la chambre.* La malheureuse!..

ANGELO, *à part, pendant qu'Abel est dans la chambre.* Comment, je ne l'y amenerai pas!.. Si! pardieu! si! ou j'y perds mon nom...

ABEL (*), *sortant de la chambre, pâle, effaré.* Oh! elle mourra...

(*) Angelo, Abel.

ANGELO. C'est ce qui peut lui arriver de plus heureux.

ABEL. Mourir!.. et je pourrais !.. Oh! mais le moyen!.. mon dieu!.. mon dieu!..

ANGELO, *à part, en l'observant.* Il y revient!.. (*Haut avec une exclamation de joie.*) Oh! mais il me vient une idée...

ABEL, *avec anxiété.* Quoi?..

ANGELO. Dans six semaines lord Belgrave doit me donner huit cents livres pour un travail important que je lui aurai fait, je vous donnerai cette somme, et vous l'enverrez à sa grâce en lui avouant.

ABEL. Avouer à lord Belgrave! jamais!..

ANGELO. Vous ne signerez pas cet aveu. Peu importe qu'on sache de qui vient la restitution, pourvu qu'elle soit faite. De cette manière, ce n'est plus qu'un emprunt ordinaire.

ABEL. Cette signature sera toujours...

ANGELO. Aimez-vous mieux qu'elle meure; et elle mourra, voyez-vous; et votre conscience vous reprochera cette mort que vous pouviez empêcher...

ABEL, *presque égaré.* Morte! morte! si jeune! si belle! et moi, condamné à vivre sans elle!

ANGELO, *l'interrompant vivement.* Avec un remords qui vous suivra partout; avec un fantome sanglant qui se dressera à chaque instant sous vos yeux...

SCENE X.

ANGELO, LE SCHÉRIFF, ABEL.

L'OFFICIER, *sur le seuil de la porte qu'il tient entre'ouverte.* Je ne puis attendre plus long-temps; il faut que je touche mon argent.

ABEL. *comme fou.* Encore deux minutes, monsieur, de grâce.
(L'officier sort.)

ANGELO, *à part, en suivant Abel des yeux, pendant la sortie de l'officier.* Il signera.

SCENE II.

ANGELO, ABEL.

ABEL, *comme fou.* Oh! n'est-ce pas que ce serait un crime, un crime horrible de la laisser mourir?... n'est-ce pas qu'il faut que je la sauve; que je la sauve à tout prix... (*s'animant, s'échauffant lui-même.*) Au fait, quel mal?.. je le rendrai cet argent...

Une signature... mais pour une tête, pour une vie de femme, pour ma Bianca... ma Bianca chérie... Oh! oui, oui... qu'elle vive... qu'elle m'aime... (*A Angelo.*) Donnez... donnez... donnez... (*Ses gestes, sa physionomie expriment le délire. En ce moment Bianca entre sur la pointe du pied, et reste au fond du théâtre couvant du regard.*)

ANGELO, *faisant asseoir Abel, lui présentant la plume et lui dictant.* Là, mettez sept cents livres... datez... bien... maintenant signez... (*Reculant de quelques pas et regardant d'un air triomphant Abel qui signe.*) Enfin!!!

ABEL, *d'une voix étouffée, en lui tendant le papier.* Tenez... allez toucher...

SCENE XII.

ANGELO, BIANCA, ABEL.

BIANCA, *s'avançant rapidement entre eux, s'emparant du papier qu'Abel présente à Angelo, et lançant à ce dernier un regard de mépris.* Misérable! (*A Abel.*) Merci, mon Abel! Mais je ne veux pas d'un dévouement qui te déshonore. (*Allant à la porte du fond.*) Monsieur le shériff... (*Au schériff, qui entre.*) Monsieur, je suis votre prisonnière. (*Se jetant dans les bras d'Abel.*) Adieu! adieu!

ANGELO, *avec fureur.* Malédiction et enfer!..

(*Crockford et Nelly entrent en même temps.*)

SCENE XIII.

ANGELO, CROCKFORD, L'OFFICIER, ABEL, BIANCA, NELLY.

CROCKFORD, *bas, à Angelo, en s'avançant près de lui.*) Tout est perdu!

ANGELO, *après avoir réfléchi.* Pas encore perdu!.. (*Au schériff.*) Monsieur, sous la garantie et caution de sir Crockford, que voici, voulez-vous accorder la nuit à madame la comtesse? (*Bas et rapidement au schériff.*) Accordez.

L'OFFICIER. Si son honneur consent...

ANGELO, *bas et rapidement, à Crockford.* Consentez.

CROCKFORD. Je consens.

ABEL, *à Crockford.* Merci, mon bon cousin. (*Bas, à Angelo, avec découragement.*) A quoi bon ?...

ANGELO, *bas, à Abel.* A nous sauver !...

ABEL, *bas, à Bianca.* Ne perdons pas tout espoir.

CROCKFORD, *bas, à Angelo.* Pourquoi cette nuit ?

ANGELO, *bas, à Crockford.* Pour achever mon ouvrage.

FIN DU TROISIÈME ACTE

ACTE IV.

Le cabinet de lord Belgrave. Grande pièce richement décorée. Au fond, des portes-fenêtres donnant sur un jardin. A droite, au milieu, une grande porte donnant entrée dans les appartemens. Du même côté, sur un plan plus éloigné, une petite porte donnant sur la bibliothèque ; du même côté, sur le devant de la scène, un secrétaire. A gauche, au milieu, la porte de la chambre à coucher de lord Belgrave.

SCÈNE PREMIÈRE.

LORD BELGRAVE, *en négligé, assis dans un fauteuil d dossier très élevé, près d'une petite table chargée de papiers et de flambeaux,* **CROCKFORD**, UN MÉDECIN ; **ANNA**, *entourant le fauteuil.*

LE MÉDECIN, *à lord Belgrave.* Du calme, du repos, et tout ira bien.

ANNA, *au médecin qui s'éloigne.* Vous nous quittez, docteur ?

LE MÉDECIN. Ma présence n'est plus nécessaire.

CROCKFORD. Laissez-le partir. Quand le médecin s'en va, la santé revient.

Abel Wilmore.

ANNA, *bas au docteur.* Mais s'il avait une nouvelle attaque...

LE MÉDECIN, *bas à Anna.* Impossible, après tout le sang que je lui ai tiré (*à lord Belgrave.*). Bon courage, mylord! grâce à la potion que je vous ai préparée, vous dormirez toute la nuit d'un bon sommeil, et demain il n'y paraîtra plus.

L. BELGRAVE. Merci, docteur, merci. (*Le medecin sort.*)

SCENE II.

LORD BELGRAVE, ANNA, CROCKFORD.

ANNA, *s'approchant de lord Belgrave.* Eh bien, mon bon oncle?

CROCKFORD. Je suis sûr que vous vous sentez mieux depuis que le docteur n'y est plus.

L. BELGRAVE. Le médecin a guéri les maux du corps, mais ceux de l'âme!.. Abel n'est pas auprès de moi.

ANNA. Oh! pour venir auprès de vous, il eût tout bravé, même votre colère, s'il eût su...

CROCKFORD, *interrompant Anna.* Il sait...

L. BELGRAVE. Comment! il sait?.. vous dites qu'il sait?...

ANNA, *bas à Crockford.* Ne dites donc pas cela.

CROCKFORD. Jeune fille, je ne sais pas ce que c'est que de dissimuler la vérité.

L. BELGRAVE, *avec douleur.* Il sait que j'ai manqué de mourir, et il n'est pas venu!

CROCKFORD, *avec bonhomie.* Oh! il faut tout dire, ce n'est pas absolument de sa faute. Il donnait un dîner, une fête chez cette Bianca; il ne pouvait quitter ses amis.

L. BELGRAVE. On ne peut donc semer un bienfait sans recueillir une ingratitude... Attachez-vous à des enfans!..

ANNA, *d'un ton de reproche.* Mon oncle! mon père!

CROCKFORD. Oh! cousin! cousin!..

L. BELGRAVE, *voyant Anna qui pleure.* Pardon, mes amis, la douleur me rend injuste. Mais que voulez-vous? quand on a pris un enfant au berceau; qu'on en a fait son fils, dans l'espoir qu'il servirait d'appui à votre vieillesse; qu'il serait là à votre dernière heure, vous murmurant des paroles de tendresse pour vous aider à mourir doucement...

ANNA. Mon oncle, de telles paroles...

L. BELGRAVE. Elles débordent, mon enfant... Ah! voyez-vous, mes amis, j'avais une idée qui m'occupait beaucoup et qui faisait mon bonheur... savoir que cet enfant me fermerait les yeux après avoir reçu ma bénédiction paternelle...

CROCKFORD, *s'essuyant les yeux.* Vous voulez donc me faire fondre en eau?..

L. BELGRAVE, *continuant.* Etre sûr qu'après moi il vivrait heureux, estimé, utile à son pays... Tous ces rêves sont évanouis, toutes ces illusions détruites. Plaignez-moi, mes amis... je suis bien malheureux!..

CROCKFORD. A qui la faute?..

L. BELGRAVE, *avec étonnement.* A qui?..

CROCCFORD. Là faute à vous, à vous seul. (*à part.*) Je ne risque rien à défendre Abel maintenant.

ANNA. Si mon cousin Nathaniel avait raison...

CROCKFORD. Certainement que j'ai raison; car enfin Abel fait des folies, c'est vrai; il en fait même beaucoup. Je dirai plus, il en fait énormément des folies; mais il est jeune, sans expérience; et vous qui devriez avoir de la raison pour lui, vous le laissez faire!..

ANNA. C'est très juste tout cela.

L. BELGRAVE. Quel droit ai-je sur lui? il est majeur.

CROCKFORD. Des droits! des droits!.. Tirez de l'eau un homme qui se noie, il ne vous demandera pas de quel droit vous l'avez sauvé; il vous remerciera. Faites-moi enlever cette aventurière, cette Bianca; qu'elle disparaisse.

ANNA. C'est cela.

CROCKFORD. Puis, rappelez le jeune homme, et, pour changer le cours de ses idées, envoyez-le faire un tour sur le continent..

L. BELGRAVE. C'est mon projet; mais avant je veux laisser s'amortir dans une possession tranquile cet amour dont les obstacles ne feraient qu'irriter la violence et prolonger la durée...

CROCKFORD. Mais en attendant il se perd, il se perd complétement.

ANNA. Oh! pas tant que vous voulez bien le dire, j'en suis sûre...

CROCKFORD. Il est cité comme un des plus mauvais sujets de Londres, joueur, buveur, ne reculant devant aucun moyen d'avoir de l'argent...

L. BELGRAVE. Comme vous en parlez!..

CROCKFORD. Que voulez-vous?.. Je l'aime tant ce cher enfant! Hâtez-vous donc de mettre votre plan à exécution.

L. BELGRAVE. Sitôt que j'aurai trouvé quelqu'un pour l'accompagner dans son voyage...

CROCKFORD. Eh bien! mais je suis là moi... il lui faut un homme de poids, à notre jeune étourdi (*tapant sur son ventre avec un gros rire*), et ma foi...

L. BELGRAVE. Digne ami! d'aujourd'hui seulement je sais tout ce que vous valez...

CROCKFORD, *affectant la bonhommie.* Oh! je vaux bien peu de chose.

L. BELGRAVE. Que de gens à votre place, au lieu d'aider au salut d'Abel, eussent cherché à précipiter sa ruine.

CROCKFORD, *avec simplicité.* Pourquoi donc ?...

L. BELGRAVE. Abel n'étant pas nommé mon héritier, n'est-ce pas vous qui, par ordre de succession, venez...

CROCKFORD. Fi! fi! Oh! une pareille idée!.. oh! non!.. non! Fi donc! fi! oh! oh!

SCÈNE III.

LES MÊMES; UN LAQUAIS.

LE LAQUAIS. Don Angelo attend les ordres de votre grâce. L'introduirai-je?..

L. BELGRAVE. Oui, qu'il entre.   (*le laquais sort.*)

ANNA, *allant à Crockford et l'embrassant avec effusion.* Mon bon cousin, je vous aime de tout mon cœur.

LE LAQUAIS, *entrant et annonçant.* Don Angelo.

(*Le laquais sort et Angelo entre.*)

SCÈNE IV.

CROCKFORD, ANGELO, BELGRAVE, ANNA.

ANGELO, *remettant un papier à lord Belgrave.* Sa grâce verra que ses ordres ont été exécutés.

LORD BELGRAVE. C'est bien. Je vais vous donner de nouvelles instructions.

(*Il se met à écrire. Anna, penchée sur lui, regarde ce qu'il écrit. Pendant ce temps, Angelo se rapproche de Crockford.*)

CROCKFORD, *bas à Angelo.* Est-il décidé ?...

ANGELO, *bas à Crockford.* Plus que jamais...

CROCKFORD, *bas à Angelo.* Mais Bianca...

ANGELO, *bas à Crockford.* Elle n'empêchera rien cette fois, je vous en réponds...

CROCKFORD, *bas à Angelo.* Et c'est aujourd'hui ?...

ANGELO, *bas à Crockford.* Tout-à-l'heure.

CROCKFORD, *bas à Angelo.* Bien.

ANGELO. Je suis venu pour savoir ce qu'on faisait ici; à quelle heure on se retirerait.

CROCKFORD, *bas à Angelo.* Dans une heure Belgrave sera couché...

ANGELO, *bas à Crockford.* Dans une heure il sera ici...

CROCKFORD, *bas à Angelo.* Et moi, sous prétexte de veiller le cousin, je passe la nuit dans le salon ; au premier bruit j'accours avec les gens.

LORD BELGRAVE, *se levant et donnant un papier à Angelo.* Tenez, monsieur, et hâtez-vous. (*Il salue et sort.*)

SCENE V.

CROCKFORD, LORD BELGRAVE, ANNA.

CROCKFORD. Maintenant, cher cousin, il est temps d'aller vous reposer.

ANNA. Mon cousin a raison : voyez, il est minuit...

L. BELGRAVE, *à Crockford.* Mon ami, ma voiture est à vos ordres pour vous ramener.

CROCKFORD. Inutile. Je passe la nuit près de vous dans le salon.

ANNA. Bon cousin (*).

BELGRAVE. Je ne puis permettre...

CROCKFORD. Je n'ai pas besoin de votre permission. Le salon est à moi pour cette nuit ; je m'y installe ; et, à moins que vous ne m'en fassiez emporter de force... (*Bas à Anna.*) Il pourrait encore avoir une attaque... je serai là.

ANNA, *à lord Belgrave.* Le cousin est entêté... vous ne le ferez pas changer d'avis.

L. BELGRAVE. Qu'il ait au moins tout ce qui peut aider à passer la nuit moins désagréablement.

CROCKFORD. Oh ! mon dieu ! du thé, des cigares ; c'est tout ce qu'il me faut, avec un poulet... un jambon.

ANNA. Je me charge de cela.

CROCKFORD. N'oubliez pas quelques flacons de bordeaux ; les nuits sont fraîches... (*A lord Belgrave, en lui tendant la main.*) Allons, bonne nuit. (*A Anna, en lui donnant une petite tape sur la joue.*) Bonsoir, belle enfant. (*Il sort.*)

(*) Crocford, Anna, Belgrave.

SCENE VI.

ANNA, LORD BELGRAVE.

L. BELGRAVE. Ne vas-tu pas te reposer, mon enfant ?...

ANNA. Il faut d'abord que je vous donne la potion que le docteur a préparée.

(*Elle verse le contenu d'un flacon dans un verre qu'elle présente à lord Belgrave.*)

L. BELGRAVE, *après avoir bu.* Merci, mon enfant.

ANNA. Vous enverrai-je votre valet-de-chambre ?

L. BELGRAVE. Non ; qu'il se couche. Je vais travailler...

ANNA. Mais pas long-temps...

L. BELGRAVE. Je te le promets. Bonsoir, mon enfant.

(*Il la baise au front.*)

ANNA, *s'en allant.* Bonsoir, mon oncle, bonne nuit.

(*Elle sort. Il ne reste plus qu'une lampe sur la petite table ; cette lampe est couverte d'un chapiteau, et l'appartement est presque dans l'obscurité.*)

SCENE VII.

LORD BELGRAVE, *seul.*

L. BELGRAVE, *s'asseyant dans la causeuse, et avançant la petite table, couverte de papiers, sur laquelle il a déjà écrit.*) Travailler !.. oh ! je ne puis... Ma tête est pleine de tout ce qu'ils m'ont dit d'Abel... Joueur, buveur, capable de tout pour avoir de l'argent... Oh ! cela n'est pas... Ce bon Crockford m'a exagéré le mal pour m'engager à y porter remède... Mais si cela était... s'il avait usé à ce contact impur de mauvais sujets et de femmes perdues, ses sentimens d'honneur, de délicatesse... Oh ! mon dieu, mon dieu, je t'en conjure, prends en pitié un pauvre père qui n'a déjà que trop souffert !... Que mon fils me soit rendu comme je le désire... que ce que j'ai fait pour amortir le feu de ses passions... ne tourne pas à son déshonneur !... Déshonoré ! lui ! mon Abel ! oh ! j'en mourrais de douleur et de remords !... *Sa tête tombe entre ses mains sur la table, et il reste un moment ainsi ; puis il se relève.*) Comme ma tête est lourde !... Mes yeux se ferment malgré moi... C'est la potion du docteur...

Le sommeil... Pourtant, j'aurais encore voulu... pour mon Abel...

(*Il s'endort en murmurant cette phrase, qu'il ne peut achever.*)

SCÈNE VIII.

LORD BELGRAVE, ABEL.

(*Après les derniers mots de lord Belgrave, la musique se fait entendre quelques instans en sourdine ; puis entre Abel par une des portes-fenêtres qu'il ouvre avec précaution ; il a les cheveux en désordre, le visage enflammé, les yeux hagards. Il s'avance lentement et sur la pointe du pied jusque sur le devant de la scène.*)

ABEL, *d'une voix étouffée.* Il est dans sa chambre ; il ne pourra entendre. (*Apercevant lord Belgrave, et reculant avec effroi.*) Oh ! mon dieu ! je suis perdu !... (*Se rassurant.*) Non ; il dort... Oh ! cette vue m'a ôté tout mon courage. (*Après une pause, regardant le bureau, dont le tiroir est ouvert.*) C'est là qu'est l'argent, m'a dit Angelo... (*Regardant lord Belgrave.*) S'il allait entendre... (*Regardant plus attentivement le bureau.*) Le tiroir est ouvert. (*Faisant vivement deux pas vers le bureau ; puis s'arrêtant comme malgré lui, et regardant lord Belgrave.*) Le voler, lui !...

L. BELGRAVE, *rêvant.* Abel !...

ABEL, *revenant vers le milieu de la scène, les yeux fixes et agrandis par la peur.* Oh !... (*Après une pause.*) Il rêve...

L. BELGRAVE, *rêvant.* Mon enfant...

ABEL, *avec attendrissement.* Il m'aime !... (*avec hésitation.*) Et je vais... Oh ! pour elle ! pour ma Bianca ! il faut... (*Montrant le tiroir et s'exaltant.*) C'est son honneur, sa vie qui sont là... Il faut... (*Marchant vers le bureau.*) Oui ! la sauver ! la sauver !... (*Il fouille dans le tiroir, qu'il ouvre plus qu'il ne l'était.*) Voilà le portefeuille !...

L. BELGRAVE, *à moitié endormi, mais ayant entendu le bruit qu'a fait Abel en mettant le bras dans dans le tiroir.*) Qui est là ?...

ABEL, *le bras dans le tiroir, pâle, immobile de peur.*) Oh ! (*Après une pause, retirant le portefeuille du tiroir.*) Ma Bianca, tu es sauvée !... (*Il pousse un peu le tiroir et fait du bruit.*)

L. BELGRAVE, *se soulevant à demi et encore endormi.* Mais il y a quelqu'un ici.

ABEL, *effrayé, se cachant la figure avec le portefeuille et passant entre le bureau et la causeuse.*) Fuyons !... (*D'une voix sourde et avec un geste menaçant à lord Belgrave qui, quoique toujours à moitié endormi, reste soulevé sur la causeuse et ouvre la bouche comme pour prier.)* Silence !

(Lord Belgrave retombe assis, et Abel se sauve par la porte-fenêtre qu'il referme. Pause avec musique.)

L. BELGRAVE, *se levant après s'être agité et frotté les yeux.)* Mais il y avait quelqu'un ici !...

(Il agite une sonnette qui est sur sa table.)

SCENE IX.

CROCKFORD, BELGRAVE, DES LAQUAIS, *au fond.*

CROCKFORD, *accourant au premier coup de sonnette.* Qu'est-ce, cousin ?... Qu'est-ce ?...

L. BELGRAVE. Un voleur ! là ! dans ma chambre.

CROCKFORD. Un voleur ! *(Prenant sur la petite table la sonnette qu'il agite violemment.)* Il faut chercher... Par où est-il sorti ?...

L. BELGRAVE, *montrant les portes-fenêtres.* Par là...

CROCKFORD, *aux laquais qui entrent.* Un voleur !... *(Montrant la porte-fenêtre.)* Par là... courez... visitez le jardin...

(Deux laquais sortent par les portes-fenêtres.)

CROCKFORD, *arrêtant un troisième laquais.)* Vous, courez chercher des constables... Dites qu'on ferme toutes les portes... *(Le troisième laquais sort par la porte de côté.)* Maintenant je vais moi-même...

(Il s'élance dans le jardin. En même temps entre Anna à demi-vêtue.)

SCENE X.

ANNA, LORD BELGRAVE, *puis* ABEL *au fond.*

ANNA, *courant à la causeuse où est lord Belgrave.* Oh ! mon oncle, qu'y a-t-il donc ?... Un voleur ?...

L. BELGRAVE, *d'une voix affaiblie.* Rassure-toi, mon enfant, tous mes gens le poursuivent.

ANNA, *regardant lord Belgrave avec inquiétude.* Mon dieu ! mon oncle, vous souffrez ?...

L. BELGRAVE. Oui... je m'étais endormi... et réveillé ainsi en sursaut... ma tête me pèse...

(Sa tête tombe entre ses mains sur la table.)

ANNA, *avec frayeur, en regardant lord Belgrave.* Peut-être encore une attaque ?... Oh ! quelqu'un... *(Se retournant comme pour*

aller chercher quelqu'un et apercevant *Abel* sur le seuil de la porte-fenêtre qu'on a laissée entr'ouverte, d'une voix étouffée par la peur.) Oh!
mon dieu!...

Abel, *à Anna, à voix basse et précipitée.* Sauvez-moi!... cachez-
moi...

Anna, *le reconnaissant, à voix basse.* Dieu du ciel, Abel!

Abel, *toujours d'une voix basse et précipitée.* Le jardin est oc-
cupé... impossible de fuir... Oh! cachez-moi... cachez-moi...

L. Belgrave, *ne pouvant voir ni Abel ni Anna à cause du dossier de sa causeuse.* Qu'est-ce donc?...

Anna. Rien. (*A Abel.*) Venez.

(*Elle l'enferme dans le cabinet qui est à gauche sur le second plan.*)

L. Belgrave, *se soulevant au moment où Anna ferme la bibliothèque.* Anna!...

Anna, *accourant.* J'étais inquiète, j'allais appeller...

L. Belgrave. Merci, chère enfant; ce n'était qu'un éblouis-
sement, mais il es passé... je suis mieux... Mais toi-même, mon
enfant, te voilà pâle, tremblante...

(*Il est interrompu par la rentrée de Crockford et des laquais.*)

SCÈNE XI.

CROCKFORD, LORD BELGRAVE, ANNA, des laquais, *puis*
LES CONSTABLES.

Crockford, *rentrant.* C'est singulier, on ne trouve pas le voleur dans le jardin. Les murs sont cependant trop élevés pour
qu'on puisse les escalader...

Un laquais, *annonçant.* Monsieur le constable.

Crockford, *allant au constable.* Soyez le bien venu, monsieur.
Un voleur a pénétré dans cet hôtel; il ne peut en être sorti;
vous nous aiderez à l'arrêter.

Le constable. Moi et mes gens sommes à la disposition de sa
seigneurie.

Crockford. Que l'on fouille tous les recoins du jardin;
un homme à chaque porte... (*Au constable.*) Nous, monsieur,
nous visiterons l'intérieur de l'hôtel...

L. Belgrave, *à Crockford.* Mon bon ami, que de soins...

Crockford, *à lord Belgrave.* Que ne ferais-je pas pour vous...
(*A part.*) et pour arrêter mon gaillard! (*Au constable.*)

(*Ils sortent par la porte à gauche, suivis d'une partie de leur gens.
Les autres se rendent dans le jardin.*)

SCENE XII.

ABEL, LORD BELGRAVE, ANNA, ANGELO.

ANNA, *à part.* Voleur! lui! Abel!... Oh! non, impossible. (*A lord Belgrave.*) Mon oncle, êtes-vous bien sûr qu'il y ait un voleur ici?,.

L. BELGRAVE. Je l'ai vu; il a levé la main sur moi, en me criant : silence! et sa voix m'a remué jusqu'au fond de l'âme. Il m'a semblé... ce que c'est que la préoccupation... il m'a semblé que cette voix était celle d'Abel...

ANNA. Oh! quelle idée!...

UN LAQUAIS, *annonçant.* Don Angelo.

ANGELO, *entrant.* Je viens d'apprendre, en passant devant l'hôtel de votre grâce, ce qui était arrivé; et j'ai pris la liberté de venir offrir mes services.

B. BELGRAVE, *à Angelo.* Je vous remercie, monsieur...

ANGELO, *à lord Belgrave.* S'est-on emparé de l'audacieux?...

L. BELGRAVE. Sir Crockford est à sa recherche.

ANNA. Mais, mon oncle, vous n'avez pas regardé s'il vous manquait quelque chose. Peut-être n'est-ce pas pour voler...

L. BELGRAVE, *allant au bureau et montrant le tiroir demi-ouvert.* Voyons, il y avait dans ce tiroir un portefeuille garni de valeurs considérables. (*Après avoir cherché dans le tiroir.* Il n'y est plus.

ANGELO, *à part.* Bien.

ANNA, *à part, avec désespoir.* Lui voler? oh! mon dieu!...

SCENE XIII.

LES MÊMES, CROCKFORD, LE CONSTABLE, LAQUAIS (*).

L. BELGRAVE, *à Crockford.* Eh bien?...

CROCKFORD. Impossible de mettre la main sur le scélérat. On a fureté dans les caves, dans les greniers, dans tous les recoins de l'hôtel...

L. BELGRAVE. Il faut en rester là pour le moment. Demain, avec le jour, on fera une nouvelle recherche...

(*) Abel caché, Angelo, Belgrave, Anna.

LE CONSTABLE. Et d'ici là je ferai garder toutes les issues de l'hôtel.

ANGELO, *montrant la porte à droite.* Mais a-t-on visité la chambre et les cabinets de sa grâce?

CROCKFORD. Vous m'y faites penser. Allons...,

LE CONSTABLE. Je me charge de ce soin.

(Il entre par la porte à droite avec quelques-uns de ses gens.)

ANNA, *à part avec terreur, en regardant le cabinet où est caché Abel.* Oh! pourvu qu'ils ne cherchent pas ici!...

ANGELO, *bas à Crockford.* Est-ce que vous auriez eu la maladresse de le laisser échapper...,

CROCFORD, *bas à Angelo.* Oh! j'en maigrirais, j'en deviendrais étique de chagrin.

LE CONSTABLE, *rentrant.* Rien dans la chambre et les cabinets.

ANNA, *à lord Belgrave.* Vous êtes fatigué, mon oncle; il faut vous reposer et renvoyer tout ce monde. *(Aux autres.)* Messieurs, mon oncle désire se reposer...

CROCKFORD. Nous partons.

(Ils font un mouvement pour s'éloigner.)

ANNA. Enfin!...

(Elle jette un regard de satisfaction sur le cabinet.)

ANGELO, *à part, après avoir suivi les regards d'Anna.* Toujours ses regards de ce côté! *(Haut et vivement.)* Mais ce cabinet... si par hasard... *(Bas à Crockford, après avoir vu Anna faire un mouvement de terreur.)* Abel doit y être...

ANNA, *avec frayeur.* Quelle idée!... là... avec des livres... *(Vivement.)* D'ailleurs j'ai toujours été ici, et... et c'est bien inutile.

ANGELO, *bas et rapidement à Crockford.* Je suis sûr qu'il y est.

CROCKFORD. Voyons toujours... visitons...

ANNA, *vivement.* Mon oncle n'aime pas que l'on fouille ainsi...

L. BELGRAVE, *se levant de la causeuse où il a été assis pendant toutes les scènes précédentes, et interrompant Anna.* Je vais moi-même faire la visite...

ANNA, *pâle, tremblante, se laissant aller sur la causeuse.)* Il est perdu!

(Elle suit de l'œil avec anxiété lord Belgrave. Lord Belgrave, sans manifester la moindre émotion, regarde dans le cabinet où est caché Abel, puis le referme.)

ANNA, *se levant.* Oh! merci, mon Dieu! Il ne l'a pas vu!

L. BELGRAVE, *après avoir visité les deux autres bibliothèques.* Il n'y a personne, messieurs.

CROCKFORD. Il est pourtant impossible que le scélérat soit sorti de l'hôtel.

L. BELGRAVE. Eh bien! on le trouvera demain. *(Au constable.)* Je compte sur vous pour cela, monsieur.

LE CONSTABLE. J'y ferai mon possible, mylord.

L. BELGRAVE. Maintenant vous pouvez vous retirer.

CROCKFORD. Surtout qu'on garde bien toutes les issues; car il faut que justice soit faite.

(Le constable, ses agens, les domestiques se retirent. Lord Belgrave referme la porte sur eux, puis redescend en scène.)

SCÈNE XIV.

ANGELO, CROCKFORD, BELGRAVE, ANNA, ABEL *caché.*

L. BELGRAVE. Justice sera faite, mais par moi seul.

ANNA, *poussant un cri étouffé.* Oh!

L. BELGRAVE, *prenant un papier dans le bureau.* Voici le testament par lequel je nommais sir Abel Wilmore mon héritier. *(Allant à la porte du cabinet, l'ouvrant, et, devant cette porte ouverte, déchirant le testament.)* Il est anéanti! Maintenant sortez, sir Abel, et ne reparaissez jamais devant moi.

ANNA, *Allant se jeter aux genoux de Belgrave, les mains jointes et étendues.* Mon oncle!...

L. BELGRAVE, *toujours les yeux sur la porte du cabinet.* Sortez!

(Angelo et Crockford expriment leur joie sur le devant de la scène. Anna est à genoux, les mains jointes, suppliante. Lord Belgrave, debout indique du geste la porte de sortie à Abel, qui paraît sur le seuil du cabinet, la figure cachée dans ses mains, se soutenant à peine, exprimant dans son attitude la honte et le désespoir. La toile tombe aussitôt qu'il paraît.)

FIN DU QUATRIÈME ACTE.

ACTE V.

Chez Bianca. Même décoration qu'au troisième acte.

SCÈNE PREMIÈRE.

BIANCA, NELLY.

BIANCA, *les yeux tournés vers la porte du fond.*) Pas encore de retour ! et ils savent que tout-à-l'heure, au point du jour, ces hommes vont m'emmener ! oh ! c'est à en devenir folle ! (*Elle se promène avec agitation.*)

NELLY. Allons, allons, bon espoir, chère cousine. Sir Abel, j'en suis sûre, va rentrer avec assez d'argent pour te tirer d'embarras.

BIANCA, *à part, en se promenant toujours avec agitation.* De l'argent !.. mais par quels moyens s'en procurera-t-il ?.. Pour moi, pour me sauver, il est capable de suivre tous les conseils d'Angelo, et Dieu sait quels conseils il donne !... Le faux qu'il lui a fait signer tout-à-l'heure... Oh ! que je fus bien inspirée d'écouter à cette porte !... Mais que font-ils maintenant ?... que font-ils ?..

NELLY, *qui a entendu les derniers mots.* Oh ! je le sais bien, moi, ce qu'ils font.

BIANCA. Eh bien, que font-ils ?...

NELLY. Comment, vous ne vous en doutez pas ? Ils sont au jeu. Don Angelo dit qu'il est toujours sûr de trouver là de l'argent, quand il n'en a plus.

BIANCA. Au fait, oui, tu as raison ; le jeu. (*A part.*) Oui, oui, au jeu... quel autre moyen que celui-là... J'étais folle de m'effrayer... Angelo a pu le tromper, le séduire, pour lui extorquer cette signature... mais autre chose... oh ! mon Abel ne voudrait pas !... Oui, oui, c'est bien cela ; c'est au jeu qu'ils sont.

NELLY. Mon dieu ! comme vous voilà inquiète, agitée, ma bonne cousine ! S'ils restent aussi long-temps au jeu, c'est qu'ils gagnent. D'ailleurs, don Angelo gagne toujours, lui... Comme il dit, il maîtrise la fortune, surtout quand il a bu, et je vous réponds qu'il s'est mis en mesure de la maîtriser ce soir.

BIANCA, *étonnée.* Comment! Ils ont bu!

NELLY. Vous savez bien, quand vous avez eu déchiré le papier.....

BIANCA, *avec anxiété.* Eh bien, ils sont sortis?...

NELLY. Du tout. Ils se sont enfermés dans la chambre du signor Angelo. J'ai été coller mon oreille contre la porte.

BIANCA. Que disaient-ils?...

NELLY. Ah! ils parlaient très-doucement..... mais ils choquaient leurs verres très-fort et très-souvent.

BIANCA, *réfléchissant.* Ils ont bu!..

NELLY. Beaucoup et long-tenps.

BIANCA. Boire ainsi... dans un pareil moment... avant de sortir... (*Avec explosion.*) Oh! mon Abel! que veut donc faire de toi cet Angelo!.. Toute la nuit dehors... quel projet? (*avec un cri de joie enapercevant Abel.*) Ah! enfin. (*Courant à lui.*) Mon Abel! mon Abel! (*à part, l'examinant.*) Quelle pâleur! quelle agitation! que signifie?... (*à Nelly.*) Va, ma chère enfant, va; laisse-nous.   (*Nelly sort.*)

SCÈNE II.

BIANCA, ABEL.

ABEL, *allant tomber affaissé dans un fauteuil, murmurant à demi-voix :* Honte! déshonneur!...

          (*Sa tête se penche, il est presque évanoui.*)

BIANCA, *accourant auprès de lui.* Reviens à toi, mon Abel!... toujours pâle... suffoquant! (*Ouvrant son habit.*) La! là! (*Un portefeuille tombe de la poche d'Abel.*) Qu'est-ce?... Un portefeuille!... (*Le ramassant et le regardant.*) Quel est ce nom gravé sur la plaque?... (*Lisant.*) Lord Belgrave! (*avec stupeur.*) A lord Belgrave, ce portefeuille!... Oh! mon dieu! mon dieu! (*L'ouvrant et en tirant des billets qu'elle lit.*) Cinq cents livres : Belgrave, mille livres; douze cents livres, et Belgrave! toujours la signature de Belgrave! Abel! Abel! oh! mais réponds donc, Abel! ces billets?...

ABEL, *à demi-voix, avec effort.* Un vol...

BIANCA. Et chez ton père! (*Sanglottant.*) Oh! malheureux! malheureux!... si on t'avait découvert!...

ABEL, *d'une voix sourde.* Devant tous... découvert... chassé!..

BIANCA, *sanglottant.* Oh! plus de ressources!.. Perdu! perdu!

ABEL. Une ressource encore... mourir!.. et toi, du moins, sauvée!

BIANCA. Oh! mourir aussi! mourir avec toi, mon Abel!.. mais

avant... oh! oui, avant, il faut qu'on sache que tu ne fus qu'égaré... que ce n'est pas toi, mais cet Angelo, ce maudit, ce démon qui a tout fait; qu'il t'a enivré... ôté ta raison... oui, que lord Belgrave sache tout cela pour qu'il ne te maudisse pas! j'irai auprès de lui, je lui dirai...

ABEL. Il ne croira pas...

BIANCA, *se levant.* Ne pas croire!.. non, il ne croira pas. — Oh! mon dieu! il faudra donc mourir comme des infâmes... mourir avec le mépris, quand c'est de la compassion qu'on nous doit!.. Pas une preuve, pas une seule à lui donner...

SCENE III.

BIANCA, NELLY, *accourant*, ABEL.

NELLY. Ma cousine, ma cousine, don Angelo qui arrive avec sir Crockford.

BIANCA. Angelo! Crockford! oh! c'est le ciel qui les envoie... Abel, mon Abel; relève-toi; quelque chose me dit que nous allons avoir des preuves de cette horrible machination. Il faut écouter, ne pas perdre un mot. Toi, là (*Elle montre la porte à droite.*); moi, là! (*Elle montre la porte à gauche.*) Nelly, tu diras que sir Abel n'est pas rentré, et que moi... (*avec effort.*) que moi, je repose.   (*Elle pousse Abel à droite et sort à gauche.*

SCENE IV.

ANGELO, CROCKFORD, NELLY.

NELLY. Mon dieu! que de tourmens, et comment tout cela finira-t-il!

ANGELO, *entrant, à Nelly.* Ta maîtresse?

NELLY. Elle dort.

ANGELO. Sir Abel?..

NELLY. Il n'est pas rentré.

ANGELO. C'est bien. (*à Nelly.*) Va-t'en.

(*Nelly sort par la porte à gauche.*)

SCENE V.

ANGELO, CROCKFORD, LE SCHÉRIFF.

ANGELO, *allant ouvrir la porte du fond et appelant.* Monsieur le schériff.

LE SCHÉRIFF. Que désire sa seigneurie?..

ANGELO. Vous avez parfaitement rempli nos intentions; je vous en remercie. Maintenant nous n'avons plus besoin de vos services; vous pouvez vous retirer avec vos gens.

LE SCHÉRIFF. Il suffit.   (*Il sort.*)

SCENE VI.

CROCKFORD, ANGELO.

ANGELO. Maintenant à nous deux, sir Crockford.

CROCKFORD, *à part.* Hé! voilà le moment critique arrivé.

ANGELO. Oh! soyez sans crainte. Il n'y a ici ni curieux ni indiscret; c'est pourquoi je vous y ai conduit.

CROCKFORD. Certainement... certainement... je sais... mais je ne vois pas pourquoi...

ANGELO. Pourquoi je vous ai conduit ici?.. et *per dio!* pour vous réclamer les cinq mille livres que vous me devez.

CROCKFORD, *affectant l'étonnement.* Je vous dois cinq mille livres!

ANGELO. Ne vous êtes-vous pas engagé à me payer cette somme lorsqu'Abel serait déshérité?

CROCKFORD. Je respecte trop la vérité pour dire le contraire.

ANGELO. Eh bien, cette nuit Abel n'a-t-il pas été déshérité?

CROCKFORD, *d'un air de doute.* Heu!..

ANGELO. Mais le testament a été déchiré devant vous.

CROCKFORD. Un testament se refait aussi facilement qu'il se défait.

ANGELO. Quoi! vous pensez?..

CROCKFORD. Que Belgrave est d'une faiblesse alarmante.

ANGELO. Faible quand il n'avait que des folies à pardonner, inflexible aujourd'hui. Quoi! vous voudriez qu'il reçût en grâce un homme reconnu devant tous faussaire et voleur! Non, non. Il lui jetera un morceau de pain, car dans ce cœur noble et généreux la pitié ne saurait s'éteindre; mais lui laisser sa fortune, ses titres, son nom, pour en faire un objet de mépris et de scandale, jamais! Le noble lord craint trop l'opinion publique et se respecte trop lui-même.

CROCKFORD. Attendons au moins pour nous assurer...

ANGELO. Attendre! mais sachez donc que demain, quoique prévenu à temps; demain lord Belgrave recevra un rapport sur ma vie passée, avec des preuves à l'appui. Jugez de la colère de mylord, quand il verra qu'il a employé comme agent politique un homme que réclame la justice de Lisbonne! il est capable de me livrer à elle, dans sa colère; et je vous assure que je ne m'en soucie nullement. Il faut donc que je quitte Londres, et pour cela j'ai besoin d'argent. Mes cinq mille livres donc.

CROCKFORD. Impossible !..

ANGELO, *avec colère.* Sir Crocford, savez-vous ce qu'il en coûte à ceux qui veulent se jouer de moi?.. J'ai bien gagné cet argent; je veux que vous me le donniez.

CROCKFORD. Mais, cher ami, je n'ai pas chez moi une pareille somme. Il faut le temps de rassembler..

ANGELO. C'est juste. Après demain soir, à huit heures, venez me l'apporter derrière Westminster. D'ici là je me tiendrai dans une retraite inaccessible à tous les limiers de la police... Et surtout pas de trahison, sir Crockford! j'ai là dans mon portefeuille des lettres de vous où il est ouvertement question de notre petite association; je les enverrais à lord Belgrave.

CROCKFORD. Soyez tranquille, cher ami; soyez parfaitement tranquille; je suis incapable de manquer à mes engagemens. Toutefois vous ne m'en voudriez pas si la somme n'était pas complète.

ANGELO. Il faut qu'elle le soit.

CROCKFORD. Mais, cher ami, je serai ruiné; ruiné complètement.

ANGELO. Et l'héritage de lord Belgrave! .

CROCKFORD. Oh! sans doute... s'il devait m'échoir demain, je ne regarderais pas à cinq mille livres; que dis-je! j'en donnerais vingt mille, cinquante mille; mais ce Belgrave est d'une santé...

ANGELO, *avec émotion.* Vous dites que pour hériter demain, vous donneriez cinquante mille livres?...

CROCKFORD. De grand cœur; et je gagnerais encore au marché.

ANGELO, *à part, en se promenant, avec agitation.* Cinquante mille livres !... Une fortune !... Avec cela, sur le continent, je pourrais mener une vie de prince... avoir toutes les joies, tous les bonheurs de la terre, l'amour des femmes, l'amitié des hommes, l'estime, l'admiration de tous... (*Vivement à sir Crockford.*) Sir Crockford, au lieu de me donner maintenant cinq mille livres en espèces, voulez-vous me faire un billet de cinquante mille livres payable lorsque vous hériterez de lord Belgrave?..

CROCKFORD. Dieu! de quel air vous me dites cela.

ANGELO. Qu'importe! voulez-vous?

CROCKFORD. Mais. .

ANGELO. Que risquez-vous?.. Pas un penny d'avance; vous ne payez que lorsque vous héritez.

CROCKFORD. C'est très bien sans doute; mais les moyens d'exécution?.. Je crains...

ANGELO. Ne craignez rien; ils seront très simples et très natu-

Vilmore.   9

rels. D'ailleurs, vous n'y êtes pour rien; cela me regarde seul.

CROCKFORD, *allant à la table à gauche.* Allons, je me risque. (*à part, en s'arrêtant auprès de la la table.*) Diable! mais c'est compromettant ce que je vais faire là.

ANGELO, *à Crockford, avec impatience.* Eh bien?...

CROCKFORD. Ah ça! sommes nous bien seuls, au moins?

ANGELO. Eh! sans doute.

CROCKFORD, *lui indiquant du geste la porte de droite.* Voyez.... voyez...

ANGELO, *marchant à la porte de droite.* Soit. (*A part, avec étonnement, après avoir poussé la porte, qui résiste.*) Qu'est-ce!... fermée!... (*Se tournant vers Crockford.*) Eh bien! écrivez donc.

CROCKFORD. J'y suis. (*Il écrit.*)

ANGELO, *allant, pendant que Crockford écrit, vers la porte du fond, et l'ébranlant.* Fermée! c'est étrange!....

CROCKFORD, *se levant à ces mots d'Angelo, et le regardant.* Qu'y a-t-il?..

(*Il reste ainsi debout, le dos tourné à la table sur laquelle il a écrit, mais la main sur le billet, et suivant de l'œil, avec un air effrayé, tous les mouvemens d'Angelo.*)

ANGELO, *allant vers la porte de droite, qu'il désigne du doigt.*) Là! voyons...

SCÈNE VII.

CROCKFORD, ABEL, ANGELO.

ABEL, *paraissant à la porte de droite, avant qu'Angelo n'y soit arrivé, fermant vivement cette porte, dont il jette la clé par la fenêtre; puis s'élançant vivement sur le billet, et l'arrachant de dessous la main de Crockford, avant que ce dernier se soit aperçu de rien.* Fermée aussi! (*Musique.*)

CROCKFORD, *reculant épouvanté, et allant tomber dans un fauteuil, à droite.* Je suis perdu!... (*)

ANGELO, *avec fureur.* Abel! oh! mais c'est la mort que tu viens chercher...

ABEL. Je le sais; mais, qu'importe! (*Montrant le papier qu'il tient dans sa main fermée.*) Je l'ai, je l'ai... Je puis mourir maintenant.

ANGELO, *frappant Abel de son poignard.* Je te l'arracherai avec la vie! (*Abel tombe.*)

____

(*) Abel, Angelo, Cruckford.

SCÈNE VIII.

LES MÊMES, LORD BELGRAVE, BIANCA, ANNA, LAQUAIS.

BIANCA, *accourant par le fond, au moment où Abel tombe.* Oh! trop tard! trop tard! (*Se tournant vers lord Belgrave.*) Voyez!...

L. BELGRAVE. Le misérable!... Qu'on l'arrête!...

(*Les laquais s'emparent d'Angelo.*)

BIANCA, *à Abel.* Abel! mon Abel!...

ABEL, *lui montrant le papier.* Ma justification... (*Se soulevant, et tombant aux pieds de lord Belgrave, à qui il tend le papier.*) Grâce! grâce!
(*Il retombe.*)

BIANCA, *avec un cri déchirant, après lui avoir mis la main sur le cœur.* Mort!

(*La toile tombe sur le tableau formé par Abel, étendu au milieu du théâtre, entre lord Belgrave, Bianca et Nelly, tous trois penchés sur lui, et Angelo et Crockford gardés à vue par les laquais.*)

FIN DU CINQUIÈME ET DERNIER ACTE.

Mes remercîmens aux Artistes qui ont si puissamment contribué au succès de mon ouvrage : à M. SAINT-HILAIRE qui, dans le rôle difficile d'Angelo, a révélé un talent digne d'être applaudi sur une scène plus élevée; à Mme DELCOUR, si passionnée, si émouvante; à M. ERNEST, dont le comique a été si franc, si communicatif; à MM. KLOPP et LANSOY, l'un si digne, l'autre si entraînant; à la gracieuse Mlle ELÉONORE; à PELVILAIN, si spirituellement niais; enfin à tous et à toutes, merci, mille fois merci!

L'auteur, H^{te}. DESCHAMPS.

76